KB083029

사랑을 담아 영원으로

시와소금 산문선 · 013

사랑을 담아 영원으로

한상량 수필집

시와 소금

▍流水 한상량 약력

• 강원도 평창에서 태어나 춘천에서 성장하였다. 봉의초, 춘천중, 춘천고, 강원대, 강원대학교(석사)를 졸업하고 강원도 고등학교에서 수학을 가르쳤다. 고성고, 강릉고(2), 영서고, 장성여고, 춘천여고, 춘천고, 철원여고 교사로, 교감으로는 정선정보공고, 춘천여고, 전문직으로는 강원도 횡성교육지원청, 교육과장, 강원도교육청 중등 인사담당 장학관을 역임하였다. 교장으로는 춘천여중, 춘천여고에서 정년 퇴임 후(39년 교직 근무), 강원도 청소년수련관장(5.8년)을 역임하였다.
• 2014년 한국문인에 수필가로 등단하여 한국수필가협회 회원, 새한국문학회 회원, 춘천교구 가톨릭문우회 회원으로 활동하고 있다. 저서로는 수필집 『왜냐하면 그러므로』 외 다수 수필과 논문이 있다.

• 주소 : 강원도 춘천시 근화길 15번길 26 (신성근화미소지움아파트) 107동 1101호 (우24361)
• C · P : 010-5204-1683
• 전자주소 : hsryang@hanmail.net

책을 내면서

2014년 한국수필 문인지에 수필가로 등단이 되면서 소속된 문학 단체에서 발간된 많은 책을 받게 되었다. 처음에서 다른 수필가들은 어떻게 좋은 글을 썼을까? 좀 보고 배울 것을 찾아보자고 생각하였다. 그러나 별 감흥을 받지 못하여, 서재의 책꽂이에 한두 권씩 늘어가던 수필 책은 이제 책꽂이에 수용하지 못할 정도로 포화상태가 되었다. 그리고 다시 보지 않을 책을 꽂아둘 필요성도 느끼지 못하였다.

책을 쓴 수필가의 성의를 생각하여 나에게 관심이 있는 제목만 골라서 읽었다. 나 역시 책을 내면서 이렇게 읽히지 않는 천덕꾸러기 책이 되면 어떡하겠는가 생각하면서 수필을 쓰는 4부류를 생각하여 보았다.

첫째, 순수한 문학성이 풍부한 고등학교 때의 국어 교과서의 수필들, 정비석의 「산정무한」, 현진건의 「불국사기행」, 김진섭의 「백설

부」, 이양하의 「페이터의 산문」 등… 정말 매료되는 표현력이 대단한 작품들이다. 아무리 생각하여도 나비가 날 듯 눈앞에 보이는 것을 내면의 감정으로 발전시킨, 그런 아름다운 미사여구를 읽을 때 나는 마음의 포근함과 희열을 맛보았다. 이럴 때마다 감정을 아름답게 묘사할 재간이 없다는 것을 느끼곤 한다.

둘째, 모 일간지에 게재되는 별별☆☆ 이야기가 있다. 살아가면서 누구나 부딪치는 가족 간이나 인간갈등의 애환을 잘 묘사한 작품을 읽고 나면, 사악한 사람에 대한 분노와 함께 마음고생이 심한 사람에 대한 동정의 눈물을 흘리게 된다. 이런 작품을 인간 심리를 잘 묘사한 좋은 수필이라고 생각한다. 이렇듯 심금을 울리어 감동을 줄 수 있는 작품을 써야 하는데, 나는 아직도 주변 사람들의 눈총이 두려운 것인지 솔직히 마음의 문을 다 열어 쓸 용기가 선뜻 나지 않는다.

셋째, 퇴직공무원들이 사재 털어 낙후된 지역에 학교를 짓고 봉사 활동을 하거나 어려운 환경의 장애 아이들을 자식처럼 돌보는 가슴 뭉클한 사랑의 이야기들…. 나는 이 글을 읽으면서 수필은 이런 아름다운 글을 써서 혼탁한 세상을 밝고 아름답게 하여 훈훈한, 정감 어린 세상을 만드는데 우리 수필들이 일조해야 하지 않을까 생각해 보았다. 그런데 내 세울만한 훌륭한 경험과 봉사심이 부족한 나는 이런 글을 쓰기가 어렵다는 것을 느꼈다.

넷째, 신문 사설의 논단조로 "탈원전 정책 이대로 괜찮은가?" "엘리트 탈피 교육 괜찮은가?" 등등… 지식과 자기의 논리를 앞세워 글을 쓰는 것인데 요즘처럼 정보자료가 풍부하여 얻기 쉽고 비판력이 강한 나에게는 이런 글쓰기가 가장 쉽고, 적합하다고 생각되었다. 그러나 나의 결론이 합당한지는 철학, 사회과학, 자연과학 등 끝없이 배우고, 합리적인 사색을 통하여 앞으로 더 좋은 글을 써야 한다는 것이었다. 그러나 이것이 또 논란거리가 되고, 필화를 입을 수도 있으므로 내 글이 자유롭지 못할 수 있으리라는 생각이 들기도 한다.

내 글이 문장의 기교도 없이 재미없고 참나무 막대기처럼 딱딱하지만, 읽다 보면 공감을 불러일으키고, 몇 마디 뼈가 씹히는 것이 있다면 그것으로 위안을 삼겠습니다.

나는 그렇게 살지 못하여도 내 글이 밝고 아름답기를 원합니다. 그리고 합리적인 사회 건설을 염원하며 영원한 삶을 꿈꾸기에 감히 이 수필집을 올립니다.

그간 원고 모니터링을 해준 동료 유승종 선생님과 아내를 비롯한 가족 모두에게 마음으로부터의 고마움을 전해 올립니다.

2019년 7월, 호반의 도시 춘천에서

한 상 량

| 차례 |

제2부 | 사탕발림

제3부 | 좋은 사회

제4부 | 두려워 말고 가라

제5부 | 흘러가는 강물

제1부

교단의 추억

씻을 수 없는 교단의 아픈 추억

여태까지 배우기만 하다가 대학을 졸업하자마자 학생들을 가르친다는 기쁨에 들뜬 마음으로 눈 덮인 진부령을 넘어 춘천에서 7시간 만에 동해안의 인문계 고등학교의 수학교사로 첫 부임을 하였다. 첫 학교였기에 학생들을 잘 가르치려는 열정이 하늘을 찌를 정도로 높았다. 그러나 고등학교에서의 수학은 중학교까지의 선수 학습이 단계에 이르지 못하면 따라오기가 힘든 것이다. 반 이상의 학생들이 수학을 포기한 상태였으므로 수업시간에 간간이 중학과정을 feedback하여 정상 괘도에 올려놓으려 애간장을 태웠다.

1971년 당시에는 이 학교에 유급제도가 있었다. (다른 학교들도 더러 있었음) 기말고사의 평균점수가 60점 미만이거나, 교과목 중 어느 한 과목이 40점 미만이면 낙제가 되는 것이었다. 나는 교직생활이 처음이었기에 이것에 그다지 신경을 쓰지 않고 학생들이 열심히 공부하여 정상 궤도에 올려놓으려는 생각만으로 수학을 객관식으로 시험을 본다는 것은 있을 수 없다고 생각하여 모든 문제를 주관식으로 풀이를 쓰거나 단답형으로 문제를 내었다. 그것도 25문제 이상을 내다보니 학생들이 항상 시간이 부족한 편이었다. 대신 문제는 상당히 쉽게 출제를 하여 만점이 3-4명이 나오도록 하였다. 쉽게 출제하였음에도 주관식이라는 것 때문에 연말 사정회에서 수학 때문에 낙제가 무더기로 나왔다. 남학생들은 대부분 낙제를 면하였지만 여학생들은 6-7명이 낙제가 되었다. 30세도되지 않은 인생의 경험이 없는 나로서는 학생들의 앞날에 대한 사려 깊은 훗날에 대해서는 미쳐 생각하여 보지도 못하였다. 유급의 결과 후 폭풍은 대단하였다. 지역이 좁은 남녀공학에서 유급되어서는 학교를 다니기 곤란하므로 집 앞의 학교를 놓아두고 50리 정도 떨어진 실업학교로 전학을 가야 했다. 그러니 이 학생들이 부모의 질책이 두려워 친구의 집으로 집단가출을 하였다. 학교를 절대로 신임하였던 학부모님들도 이때만은 참지 못하고 학교 와서 집단항의를 하였다. 담임인 나의 고초도 이루 말할 수 없었다. 이것이 50년의 세월이 흘렀으니 학생들이 지금은 60이 넘은 할머니들이 되었을 것이다.

지금 생각하여 보면 호랑이 담배 피우던 시절의 이야기이겠지만 지금까지도 나의 융통성 없고 편협하고 경직된 사고로 많은 사람에게 못을 박은 것에 대하여 용서를 청하고 싶다.

그까짓 수학이 뭐 그리 대단한 것이라고 40점을 넘어야 된다고 고집을 부렸는지 모르겠다. 지금 대한민국에 유급제도가 있는 학교는 없을 것이다. 사람은 각자의 갖가지 여러 재능이 있는 것인데 나로 봐서는 수학이 중요하지만, 음악이나 문학에 재능이 있는 사람이 수학을 조금 못한다고 앞길이 막혀서는 안 되지 않는가? 이것을 못하면 살아갈 수 없다고 한다면 그렇게 해도 되지만 그렇지도 않은 것을 너무 과하지 않았나 하는 생각이 든다. 내가 고등학생이었을 때도 학교의 유급제도가 있어서 많은 학생이 1-2년 묵어서 졸업한 친구들을 많이 보았기에 유급을 당연한 것으로 받아들였지만 있을 수 없는 제도라고 생각한다. 많은 학생들이 열심히 공부하는 분위기를 만드는 것은 긍정적으로 받아들이지만 유급을 당한 학생의 입장에서 너무나 가혹하고 그것으로 잃은 것이 너무나 크기 때문이다.

내가 지금 그때라면, 물론 유급제도를 당장 없애고, 학생들이 유급이 될까 봐 내가 두려워서라도 초등학교 수준의 덧셈, 뺄셈을 출제해서라도 기본점수를 40점 이상으로 만들어 유급제도를 무용지물로 만들었을 것이다.

아인슈타인 같은 사람에게 물리학의 수준만 갖추면 되었지 음악 미술까지 어느 수준을 넘지 못하면, 대학에 들어 갈 수 없도록 하는 것은 유능한 사람들이 발붙일 곳을 잃어버리게 하는 꼴이 되고 말 것이다.

그래서 과거의 교육제도는 모든 것을 골고루 다 잘하는 만능 인간을 길러내는 것을 목표로 하였지만 지금 특정한 자기의 소질이 있는 부분을 키워서 꽃피우도록 하는 교육에 초점을 두고 있는 것이다. 예전에는 육, 해, 공 모두 평균적으로 조금씩이라도 할 수 있는 오리와 같은 인간형을 추구하였지만 이제는 그런 인간형은 아무짝에도 발붙이지 못하므로 낙오자가 되고 마는 세상이 되었다. 이제는 육지에서 치타처럼 빨리 뛰거나. 하늘에서 제비처럼 빨리 날거나 어느 한 가지만이라도 확실하게 하여야 살아남을 수 있다는 것이다.

일생을 하루로 견주어 보았을 때 저녁 무렵이 된 제자 할머니들 정말로 사죄합니다. 미숙한 철모르는 총각선생이 자만에 빠져 자기의 교과에만 충실하다 보니 그런 대형 사고를 냈습니다. 공부가 인생의 전부가 아니라는데 그것이 인생의 전화위복이 되어 각자의 인생을 행복하게 잘 살았기를 그리고 여생을 행복하게 살기를 기원해 봅니다.

서울대 법대란

앞에서 암울한 추억을 썼으니 이번은 보람 있었던 추억을 쓰고자 한다.

맹자께서 "군자가 천하의 영재를 얻어 교육하는 것이 군자의 3번째 낙(樂)이"라 하였는데. 나는 강원도의 우수한 고등학교를 거의 다니면서 영재들을 키웠으니 가진 것은 없어도 마음은 언제나 뿌듯하고 보람에 차 있는 것 같다.

지금 많이 사라졌지만 10년 전만 하여도 고등학교의 등급을 매기는 기준을 서울대 몇 명 들어갔느냐로 평가받는 때가 있었다. 그래서 모든 학교에서 대학 원서를 쓸 때는 서울대 합격자를 1명이라도 더 늘리기 위하여 안간힘을 썼다. 지금은 수시 제도도 있으므로 좀 달라졌지만 예전 같으면 서울대 입학하려면 전 과목의 90%이상은 득점을 하여야 하니 고등학교 1,2,3학년 고등학교 3년 동안 점수 비중이 큰 국어,

영어, 수학 교과에서 우선 교사의 하자가 있어서는 불가능 한 것이다. 하자란 시험문제를 100%다루어 줄 능력이 안 되거나. 열정이 부족하여 교과서나 수박 겉핥기식으로 넘어가서는 서울대 배출하기가 불가능한 것이다.

서울대 중에서도 인문계는 법대, 자연계는 의대가 가중 높다.(물론 시대에 따라 조금씩은 달라지기도 하지만 이 두 대학은 항상 최상위권이다.) 이 두과에 입학하는 학생들은 그 교과를 가르치는 각 교과 교사보다 더 높은(입시를 담당한 각 교과 교사들이 각자 자기의 교과를 시험을 보아서 점수의 합계를 내어도 이 한 학생이 얻은 점수를 따라가지 못한다는 뜻임) 수준을 가진 천재들이라고 보아야 할 것이다.

나는 K 고등학교에서 담임을 하여 서울대 법대에 들어간 O란 학생이 있었다. 학력고사 모의고사를 보던 때였다. 이 학생은 인문계이면서도 수학모의고사에 항상 만점을 받았다. 그 당시에는 모의고사를 중앙에 컴퓨터 처리하여 결과를 받아 보려면 시간이 많이 소요되므로 학교에서 우선 재빨리 가채점을 하고 보낸 때였다. 교과 담당선생들은 빠른 시간 안에 채점을 하야야 한다. 채점을 할 정답 판의 정답에 구멍을 파서 마크한 까만 것이 들어난 것을 헤아려 채점을 하는 것이었다. 그런데 이것을 급히 구멍을 파다보면 정답 틀을 잘못 만들어 모든 것이 잘못되는 경우가 있다. 그래서 만든 정답 틀을 제대로 만들었는지 이 O학생의 정답지에 판때기를 올려놓아 모두가 까맣지 않으면 대개가 내가 구멍을 잘 못 판 것이거나, 그 문제는 잘 못 출제되어 오류가 났거나, 출제 범위를 벗어난 문제였었다. 그러니 거의 완벽에 가까운 것이다. 수학을 가르치면서 이럴 때 전율을 느끼면서 이를 두고 청출어람(青出於藍)이라고 하는구나 하는 것을 깨달았다. 교사를 뛰어 넘는 것은 창의적인 생각이 뛰어나기 때문에 응용력은 IQ적인 요소가 들어 있는 문제는 교사보다도 더 빠르기 때문이다. 수업시간에 혹시 교사가 계산을 잘못하여 오류가 발생하여도 빙긋이 가볍게 미소만 지을 뿐이지 틀렸다고 말을 하지 않는다. 염화시중(拈花示衆)의 미소(微笑)인 것이다. 이 학생은 대학을 재수(再修) 없이 입학하였고, 사법고시도 재학 시절에 통과하여 다른 법조인들보다 빠른 길을 걸어 50대 초에 검찰총장 물망에 올랐지만 관운의 벽은 공부의 벽보다 높았던 가 보다 이벽을 넘지 못하였다. 인맥이 없는 강원도에서 시험으로 뽑는 자리가 아닌데 어떻게 넘어 갈 수 있었겠는가? 무구(無垢) 순진한 O검사장 오히려 세파에 시달리지 않도록 그 자리에 서 있지 않은 것이 더 잘 된지도 모르겠다.

나는 우리나라의 주요 보직에 서울대 법대 출신들이 포진하고 있는 것은 그들의 천재성으로 절로 머리가 숙여지고 감탄을 자아내게 하였다. 그러나 부정적인 요소로 그 후 많은 천재적 법관들이 도덕적으로 지적수준 만큼 일치가 되지 않은지 법정에서 죄인으로 판결을 받는 것을 보고 안타깝게도 내가 그리던 우상은 무너졌다. 인간은 어쩔 수 없는 가보다. 지적인 수준과 윤리적 수준은 별개의 것이었다. 이것이 일치가 되기를 바랄뿐이다.

그리고 개인의 영화로 보아서는 법대를 가야 되겠지만 국가와 인류의 발전을 위해서는 이런 우수한 사람들이 순수 인문학을 전공하는 것이 더 다중을 위하여 기여할 수 있지 않았겠는가 생각하여 본다.

학생 찾아 3만 리

나는 교직 생활을 대부분 인문계 고등학교에서 주로 대학 입시를 담당하는 연구부장이나 3학년부장을 대부분 맡았었다. 그러나 병역의무를 마치고 갓 복직한 곳은 W농고(지금은 명칭이 바뀌었음)였다. 이곳에서는 공부보다는 다른 이유로 나의 교직 생활에 참으로 힘든 시기였고, 아픈 추억이 많이 남는 곳이다. 학교가 전혀 다른, 극에서 극을 맛보는 계기가 되었다.

처음 부임하여 1학년 C과를 담임하고, 교시계를 자청하여 맡았다. 그래도 다른 학과보다는 학생들이 조금 우수하다고 하지만 입학 정원에 전체가 미달된 학교였기에 수학 수업을 정상적으로 하기가 어려운 실정이었다. 그 당시 교납금을 학생들이 직접 서무과(지금의 행정실)에 내던 때인데 교납금 납부 기간이 되면 목돈을 들고 학생들이 집단으로 서울 등지로 가출을 하기에 자퇴자가 많이 발생하였다. 그 당시

무단으로 1주일 이상 결석을 하면 퇴학처분을 할 수 있도록 되어있었지만 앞길이 창창한 학생 한 명의 낙오자라도 생기는 것을 줄이기 위하여 A교장 선생님은 반드시 가정 방문을 하여 학부모의 진술과 자퇴 동의를 받아야만 그것을 근거로 퇴학을 할 수 있도록 하였다. 그래서 담임인 나는 학부모님의 동의를 받기 위하여 30리 이상이 되는 가정을 방문하여야 하였다. 1970년대 농촌에는 가정마다 전화도 없는 때이고 대부분 W시내가 아니라 시내에서 멀리 떨어진 곳이라 버스도 뜸하였고 버스 종점에서도 대개가 걸어서 몇 십 분을 걸어 들어가야 하는 리 단위의 지역에서 영세농을 하는 집안들이었다. 평일에는 내가 근무를 하여야 하므로 천상 토요일과 일요일에 방문하여야 하는데 차편이 마땅치 않아 자전거를 타고 돌 바구니의 길을 지리도 잘 모르는 지역을 물어물어 방문하였지만 봄에 농촌에서는 집에서 먼 곳으로 농사일을 하려고 산을 몇 고비 넘어감으로 집에는 말도 잘 통하지 않는 내용도 잘 모르시는 할아버지와 할머니뿐이었기에 도장을 받을 수가 없어 그 다음 주에 다시 방문하여야 하는 경우가 많았다. 험난한 가파른 산길이어서 자전거를 타고간 거리나 끌고 간 거리나 비슷할 정도였다. 대개가 부모님들은 교육을 잘 못 받았지만 자식들은 어떻게 하여서라도 공부를 시키려는 부모님들의 한 맺힌 말을 듣다보면, 학생의 어머니와 함께 울던 생각이 난다. 그래서 억지로 동의서를 받아 오기는 하였지만 혹시나 돌아 올 때를 기다려 몇 주일 더 기다려 보았지만 영영 소식이 없었다.(학교 다니기가 지긋지긋한 학생들은 오히려 빨리 귀가하면, 다시 학교에 끌려갈까 봐 퇴학 처리될 기간을 잘 맞추어 느지막이 귀가하였다. 그사이 다른 학생이 또 가출을 하여 가정방문의 일은 쌓여만 갔던 것이다. 내가 지금 무엇 하는 사람인가 하는 생각이 들 때가 많이 있었다. 그 당시 60명의 정원이었지만 전입과 자퇴가 빈번하여 60명 정원의 출석부는 70번을 넘어가는 것이 보통이었다.

한번은 몇십 리 길을 방문하였지만 집에 아무도 없었다. 기진맥진하여 자전거를 끌고 어느 농촌을 지나는데 멀리 그 당시 교복 대신 교련복을 입고 지게를 지고 일하는 남학생이 보였다. 가까이 가서 보니 내가 찾던 학생이 거지 행색으로, 구슬땀을 흘리며, 퇴비를 나르며 일하고 있었다. 사연을 들어보니 학교에 낼 교납금이 없어서 집에서 멀리 떨어진 동네에서 밥을 얻어먹으며, 교납금 만큼의 보수를 받기로 하고 일을 하고 있었다. 나는 농장주인께 내가 온 사연을 말하였더니 나에게 교납금을 대납하면서 그 학생을 당장 집으로 돌아가도록 하였다. 농사를 짓던 주인은 나에게 맛있는 홍도 복숭아를 주었다. 꿀이 박힌 그 복숭아는 너무나 맛이 있었다. 어떻게 이렇게 맛있느냐고 물으니, 햇볕을 잘 받고 퇴비를 잘 주면 이렇게 당도가 높아 맛있다고 하였다. 아마도 손길이 간만큼 그 과일도 보답을 하는 것 같다. 학생을 데리고 학생의 집으로 가면서 가정의 어려운 상황과 공부하기가 버거운 여러 상황을 듣고 학생의 편에서 공감을 표하면서 따뜻한 정감어린 말을 하여 주었다. 반의 학생이 너무 많아 제대로 대화를 나눌 시간이 없었지만 그 날은 저녁 해가 지는 줄 모르고 오래도록 대화를 나눈 것이 뿌듯하였다. 다음날 그 학생은 학교에 나왔고 밝은 표정으로 모범적으로 학교생활을 잘 하였다.

수학 성적 올리기

지금은 민주화 바람이 불어서 조금이라도 강압이 들어가는 것은 구성원들이 거부하고 그 반대의 의견을 표출하므로 모든 부분에서 경쟁이라는 것들이 사라졌거나 사라져 가고 있다.

예전에 대부분의 교사들이 그러한 풍토에서 견디어 왔겠지만 특히 내가 근무하던 곳들은 선망하는 학교이다 보니 교장, 교감 선생님들이 조이는 스타일의 능력을 가지고 있었고 학부모들이 성적 올리기를 갈망하였기에 교사들의 진로는 학생들의 성적에 따라 움직이던 시대였다. 이름하여 "들어올 때는 원에 의해서 들어왔지만 갈 때는 임지를 묻지 말라!"는 것이었다. 교사들이 지도 성적이 좋지 않거나, 학생들로부터 평판이 좋지 않으면 만기가 되지 않아도 임지를 임의로 띄워 보내겠다는 것이다. 그러므로 생존하기 위하여 있는 힘을 다하여 학생들 성적을 올릴 수 있는 방법들을 투입하였다. 그 방법들은 대개가 열정이었다. 농사 수확하듯이 "뿌린 대로 거두는 것이다."

몰라서 못하는 것이 아니라 힘들어서 못하는 것이니 교사들이 모를 리 없건만 혹시 학생들이 성적이 안 오르는 선생님들은 한번 시행해 보시기 바랍니다. 나는 수학교과였지만 다른 교과에도 이 방법대로 하면 높은 성적을 올릴 수 있을 것이라고 생각한다.

1) 누구나 알아들을 수 있도록 교재를 재구성하여 쉽게 설명한다.

교재의 내용을 쉬운 예를 들면서 이야기화하여 최대한 쉽게 설명한다. 조는 학생들이나 집중하지 않는 학생들을 끌어들이기 위하여 설명하면서도 주의산만한 학생들에게 계속 대답할 수 있는 쉬운 질문을 던져가면서(학생의 이름을 부르면서, 질문의 수준을 학생의 수준이 일치하는 정도의 질문을 한다.) 주의를 환기한다. 시험에 자주 출제되는 틀리기 쉬운 문제들을 문제은행식으로 미리 준비하였다가 보기 문제에 맞추어 종횡무진 많은 양의 문제들을 훈련시킨다. 학생들은 한 시간 내내 골똘히 생각하여 머리가 어지러울 정도로 생각을 하다 보면 언제 한 시간의 수업이 끝났는지 모를 정도로 집중하게 만든다. 그 시간 배운 것에 대한 유사문제들을 숙제로 집에서 계속 연습을 하도록 만든다.(배운 것이 내 것으로 정착이 되려면 유사문제를 풀어서 자력으로 해결을 하여 굳혀야 내 것이 된다. 이렇게 하려면 오랜 경륜으로 know-how가 축적되어 있어야 가능하지만 이런 능력이 없을 때는 문제집을 찾아 미리 적어서 사전준비를 하여야 할 것이다. 이렇게 하여 학생들은 교과서와 문제집, 예상시험문제까지 모두 섭렵한 수준으로 올려놓을 수 있는 것이다).

햇병아리 교사들은 대개가 혼자서 질문을 던지고 혼자서 미리 답을 내면서 학생들의 학습활동이 전혀 없도록 답답한 원맨쇼의 수업을 하는 교사들이다. 이런 교사는 교수법이 제대로 되어 있지 않은 교사이다. 그리고 교사의 시선이 학생들에게 머물러 있어야 한다. 교사는 항상 학생들이 생각하도록 질문을 던져 가면서 무수히 많은 질문을 하고 누구에게 그 질문이 돌아갈는지 모르도록 모두가 긴장되게 뜸을 드려서 생각할 틈을 준다. 그리고 쉬운 것부터 시작하여 하나씩 난이도를 높여 최상위 난이도 까지 끌어 올려야 주어야 한다. 그러려면 교사의 머릿속에서는 이러한 계획이 사전에 압축되어 모두가 준비되어 있어야 한다.

수업시간보다 중요한 것은 없다. 수업시간에 제대로 하지 않고 개인지도나 학원에 다녀서 그만한 효력을 얻어낼 수 없는 것이다. (주식을 잘 먹어야지 간식으로 배를 채우려 하면 영양실조에 걸린다.)

2) 주말에 형성평가를 하여 점수 미달자에게는 나머지 공부시킨다.

1주일 동안 배운 것을 모아 그 중 중요한 내용만 골라서(경험이 많은 교사는 그 단원에서 시험으로 자주 출제되는 문제유형을 잘 알고 그러한 문제들을 추려낸다.) 주말에는 시험을 보고 60점미만 되는 학생들은 한데 모아 취약한 부분을 다시 설명하는 나머지 공부를 하고 재시험을 보아 60점을 넘는 학생들만 통과를 시킨다. 이것이 완전학습이다. 예전 초등학교에서 나눗셈과 분수셈을 배울 때 이러한 과정을 거쳐서 모든 학생들이 터득하고 넘어가게 하였던 것이다. 수학이 어려운 것이 아니라 앞의 것을 완전히 알지 못하였기에 다음 단계를 온전히 넘어갈 수 없는 것이다. 곱셈을 모르는데 나눗셈을 알 수 없는 것과 같다.

3) 모의고사 전에 다시 한 번 자주 출제되는 문제를 골라서 사전시험을 본다.

단원마다 대개가 출제 빈도가 높은 문제가 있고 출제가 전혀 되지 않는 문제도 있는 것이다. 다경험자는 이러한 것에서 차이가 나며, 맥을 짚을 줄 아는 것이다. 사전연습을 하는 것이 학생들에게 큰 도움이 되는 것이다.

위와 같이 하자면 교사는 무척 힘들고 화장실 갈 시간과 점심 먹을 시간이 없을 정도로 오로지 수업에만 매달려야 한다. 그런데 이 수업이 너무 많고, 담당업무가 많고, 담임의 업무가 많을 때는 체력의 한계를 뛰어넘어 병이 나고 만다. 이렇게 1년 내내 하게 되면 골병에 이르게 되니, 위와 같이 하여야 된다는 것을 알면서도 투입하기가 어려운 경우가 많다. 유능한 교사와 무능한 교사의 차이는 얼마나 학생들에게 열정을 다하여 가르치느냐 하는 것이다.

이렇게 한 교사와 그렇지 않은 교사는 모의고사를 보았을 때 사전에 학생들에게 시험문제에 힌트를 주었다는 의혹을 받을 정도로 그 차이가 엄청나게 벌어지는 것이다. 대개가 안일을 추구하는 교사들은 이런 힘든 것을 피해가려고 하므로 성취도 평가를 거부하고, 학생들의 행복 운운하지만 원하는 대학으로 진학하지 못하여 평생 힘들게 사는 것이 일시적 행복보다 더 불행한 것이 아니겠는가? 행복한 학교 운운하는 것은 참으로 위장된 거짓 선생이라고 생각한다.

성적을 올리는 많은 방법 중 실제로 투입하였던 기본적인 방법들을 추억으로 올려 보았다. 혹자는 말할 것이다. “방법을 몰라서 못 하는 것이 아니라 힘들어서 다음이 어려운 것이다.”라고 말이다. 예전에 6.25 전쟁 후 사교육 없이 콩나물시루 같은 빼곡한 초등학교 교실에서 한글을 깨우치고, 나눗셈을 익혔던 것은 학생들을 자식처럼 사랑하며, 나머지 공부를 시켜가며 헌신적으로 가르쳤던 훈장 스승님들이 계시었기 때문일 것이다.

나는 선생으로서는 “다 했다.”란 있을 수 없다고 생각한다. 해도 또 다른 것이 많이 남아있기 때문이다.

예전에는 학교에서 교과서는 물론 참고서를 3~4권을 떼어 주고 논술고사 준비와 면접 준비까지 하여 줌으로서 학교가 개인과외와 학원의 역할까지 다 하여 주었다. 그러므로 학교에 열심히 공부하는 것으로도 대학을 충분히 갈 수 있었다. 그러나 지금은 학교에서 활동이 많이 줄어들어 교육환경이 열악한 시골에서 수도권 대학 진학하기가 힘들어졌다.

가정환경이 좋지 않은 강원도에서는 학교에서 개인과외와 학원의 역할까지 맡아서 곱으로 하여 주지 않으면 다른 지역과 균형을 맞추기 어렵고 낙오자로 남고 말 것이다. 강원도 장관이 없는 무대접, 푸대접이라고 원망할 것이 아니라, 1년에 강원도 전체에서 서울 법대 1명 들어가기도 어려운 풍토에서 무엇을 탓할 것인가?

선생의 똥은 개도 안 먹는다

맹자의 '군자삼락(君子三樂)'(군자의 3가지 즐거움) 중 셋째 낙은 득천하영재이교육지(得天下英才而教育之)이다. 천하의 영재를 얻어서 이들을 교육시키는 것이 세 번째 즐거움이라 했다. 학생들마다 저마다의 타고난 무한한 잠재력이 있는 것이다. 그 어느 누구도 영재가 아닌 자가 없다. 이들을 가르치는 선생님의 삶은 즐거운 삶이 되는 것이다.

나는 셋째 낙을 충분히 만끽하였다. 그러므로 가르침의 기쁨에 대하여서는 여한이 없도록 맹자님의 참뜻을 음미할 수 있었지만, 다시 태어나서 선생의 길을 걷겠냐고 물으면, 솔직히 망설이게 되고 자녀들에게만은 권유하고 싶지 않은 것이다. 왜냐 하면 너무 힘들었고 앞이 캄캄할 때가 많이 있었기 때문이다. 교직을 퇴임한지 10년이 되었고, 분필을 놓은 지 20년이 넘었지만 아직도 잠자리가 불편할 때면 등에 식은땀을 흘리며, 시험 성적을 올리려는 온갖 애를 태우며, 발버둥 치는 때가 아직도 종종 있는 것이다. 이것이 트라우마일 것 같은 생각이 든다.

옛말에 "훈장(선생) 똥은 개도 안 먹는다."라는 말이 있다. "학생들을 가르치느라고 애를 태우면 변이 써서 개도 외면을 한다."는 뜻이란다. 또는 "하도 진을 빼어서 영양분이 없으니 개도 관심을 갖지 않는 뜻이다."라고 한다.

연세 많은 분들이 옛날 힘들었던 이야기를 하려고 하면, 또 호랑이 담배 피우던 이야기 하지 말라고 할런지 모르지만, 너무나 힘들었던 것이 몸에 배어서 넋두리로 나오는 것이다.

1970년대 교장 선생님이 우수 교사를 마음대로 뽑아서 마음대로 근무시키던 때가 있었다. 그 당시는 교장 선생님이 교사를 전입시키고, 또 불시에 보낼 수도 있었기에 학교 근무를 목숨을 걸고 하듯이 전쟁터처럼 일하던 때가 있었다. 그러기에 먹고 잠자는 시간 외에는 모든 것을 학교에 가서 살던 때였다. 지금으로 보면 말도 되지 않으며, 모든 것이 위법한 상태였지만 그 당시에 그런 근로 보호법이 없던 때였다. 다른 근로자들도 노예처럼 살았겠지만 교사들도 사는 것이 사는 것이 아닌 때였다. 1주당 배정된 교과 수업시간이 24시간이었고, 국, 영, 수 교사들은 보충수업시간이 20시간은 되었다. 평균 1주당 40시간 넘었다. (지금으로 보면 1개월에 해당되는 시간이다.) 그런데 여기에 그치지 않고, 부진아 반이나, 우수반 야간수업 지도교사는 많게는 10시간의 수업이 추가된다. 이 모든 것을 합하면, 1주당 50시간이 되었다. 이것은 살인적이 시간이었다. 멋모르고 아침부터 목청을 높여서 설명을 하다보면 퇴근 무렵에는 영락없이 목이 쉬고 아파서 침을 삼키기 어려울 정도이다. 나중에는 걱걱거리는 소리만 나올 뿐이다. 너무 목소리가 안 나오니 말하는 것을 소리 없이 분필로 일일이 쓴 경우가 있었다. 병원에 가 보면 절대 휴식을 취하라고 하지만 파도처럼 밀려오는 수업은 원수 같았다. 이러한 것이 매일 반복되니 살기 위해서 아침 시작에는 개미만 한 목소리로 뒤에 학생들이 들릴락 말락 할 정도의 낮은 목소리로 수업을 진행한다. 그러다가 오후에 접어들어서는 서서히 목청을 높여서 잠이 깨이도록 수업을 하며 학생들을 위해 나의 모든 체력을 아낌없이 쏟아붓고는 했다. 그러나 학생들의 성적이 그만큼 떨어질까 염려가 되어 틈만 나면 열정을 가지고 신들린 무당모양 종횡무진 칠판을 서너 번 지우며 양복이 백묵가루로 희끗희끗해야 직성이 풀리었다. 아픈 것은 목만 아픈 것이 아니었다. 다리가 사근사근하며, 주저앉고 싶고, 퇴근 후 걸어갈 힘이 없어서 숙직실에 누어 쉬다보면 잠이 들어 한밤중이 된 적도 있었다. 아침마다 일어나 세수 할 때 세숫대야의 물이 코피로 얼룩지어 코피 선생으로 소문이 나기도 하였다. 몸이 약한 나로서는 다른 선생보다 더 힘들었다. 초기 나의 교직생활은 사는가 싶이 살았다. 이후엔 건강에 문제가 있어 돌이켜 생각해 보면 지금 살아 있는 것이 기적처럼 느껴진다. 오죽하였으면, 그곳에서 죽을 것 같아 교감 선생님을 찾아가 나를 다른 곳으로 보내 달라고 간청했던 적도 있었다. 학교에서 큰 문제가 발생하지 않고서는 학기 초에 인사이동이란 없는 것인데 중간에 가겠다고 하였으니 교감 선생님은 학생들로부터 수업 보이콧 받은 것이 아닌가? 혹은 명문학교에 들어오려는 교사들로부터 압력을 받은 것은 아닌가 여러 각도에서 조사를 하여 보고 건강에 심각함을 알고 수업시간을 많이 조정하여 완화시켰지만 근본적이 대처는 되지 않았다. 그 당시 모든 학교의 교사들이 그런 것은 아니고, 우수 인문계 고등학교의 국, 영, 수 교사로 주로 처음 부임한 선생님들이 심각하였다. 그 당시 30대초의 나와 동갑내기 P 영어 선생님은 과로사 하는 사고도 있었다. 또 다른 나와 동년배의 선생님은 아침 보충수업으로 계단을 오르다 구토하며 쓰러지기도 하였다. 그 후 교장으로 퇴임한 H 선생님은 그 골병으로 아직도 그 후유증을 앓고 있는 것이다. 우리는 이름하여 "골병"이라 명명한다. 골병든 것만큼 열심히 운동하고 영양 보충해야 하겠다.

나는 이후 군 복무를 하였고 군 제대 후 실업학교에서 가르치는 것이 욕구에 차지 않아 다시 자청하여 두 번째로 그 학교에 부임하여 3학년 담임을 거뜬히 수행하고 5년간을 근무 후 다른 학교로 전근을 하였다.

그 당시 모두가 이런 아픔이 있었기에 강원도가 이만큼 발전하였고, 대한민국이 선진국문턱에 들어선 원동력이 되었다고 자부하고 싶다.

군대를 두 번 가라면 못 간다고 하듯이 이런 직장을 두 번 다시 하라면 할 수 있겠는가? 그러나 지금은 이런 학교는 우리나라에는 없을 것이다. 지금은 학교 대신 학원에서 시달리는 그런 선생님과 학생들은 여전히 많이 있을 것이다.

눈 속에 피어난 매화꽃 "모범학급제"

직장 생활에 숨 막히는 시간은 더 나은 발전을 위하여 열정을 쏟아 심혈을 기울여 교육의 열기를 불살랐던 것이 모범학급제 운영이었던 같다.

1970년대 강릉고등학교에서는 학생과 교사와 끊임없는 경쟁을 통하여 학교를 잘 운영하고자 관리자들이 모범학급제 운영이라는 카드를 꺼냈다. 그때의 시대 상황으로서는 그것이 가능하였고, 그것이 또한 큰 효과를 거두었다. 그러나 현시점에서는 교사들이 따르지도 않고 교사의 반발로 운영하기 어려운 제도일 것이다.

모범학급제 운영이란 학급경영을 잘할 수 있는 중요 항목들을 점수 항목으로 넣어서 이들을 부장들이 조사 또는 채점 집계하여 순위를 선정하고, 학년별로 1등에게 모범학급 표찰과 소정의 상금을 수여하는 제도이다. 점수 항목으로는 ① 모의고사 성적 순위 ② 출결관리(결석과 지각, 조퇴, 결과) 순위 ③ 근태 관리 (교문 지도나 한달에 한 번 복장 검사나 머리 검사를 하여 위반자 수를 가지고 순위를 매김) ④ 청소 관리 (체크리스트를 가지고 부장들이 순회하며 불시에 점검한 결과를 매김) ⑤ 야간 자율학습 정숙도(채점에 주관성이 많음으로 상 중 하로만 평가) ⑥ 각종 납부금 상태 (교납금 납부, 특히 저축금을 가지고 순위를 매김) 점수나 출결처럼 수치가 명확히 나오는 것은 장부를 통하여 결정하지만 주관적인 요소를 가지고 있는 것은 전체 부장이 채점자를 공개하여도 자신의 명예를 걸고 근거 자료를 첨부하여 제출하여 결정하였다.

모범학급 표찰을 받은 반은 담임과 반 학생들이 자긍심을 가지고 의기양양하였고, 그 학급의 수업에 들어가는 선생님들마다 더욱 신경을 써 줌으로써 그 위력이 대단하였다.

그래서 성적을 올리기 위하여 담임은 잘하는 학생과 성적이 저조한 학생과 짝을 맺어 도움을 받도록 갖은 신경을 썼다. 그리고 주요 교과 학습부장을 통하여 야간 자율학습시간에 그날그날의 배운 것을 학생이 설명하도록 하여 낙오자가 없도록 하였다. 출결에서 지금은 병결을 결석으로 잡지 않지만 예전은 병결도 결석이었으므로, 결석자를 만들지 않기 위해서 담임 선생님은 아픈 학생의 집을 방문하여 택시를 잡아 태우고 잠시 학교에 나와 결석은 면하게 007작전을 폈던 것이다.(비인간적인 면도 있었다.) 근태 관리는 위반자가 나오지 않도록 담임교사는 점검이 있을 만한 전날에 자체 사전 검사를 하여서 위반자를 미리 차단하였다. 청소 상태는 청소시간에 담임들이 반드시 현장 순회지도를 하였고 교재 준비로 시간이 나지 않을 때는 담임을 대신 한 환경부 학생의 조직을 통하여 체크를 하도록 하므로 청소시간에 배회하는 학생은 거의 없었다. 청소를 제대로 하지 않으면 반드시 그 결과가 나타나기 때문이다. 자율학습은 학습 부장을 통하여 소란스런 분위기를 만든 학생들을 조사하여 담임께 보고하도록 하므로 담임이 자리에 없어도 운영이 잘되도록 하였다. 각종 납부금은 기한 내에 납부하기 어려운 학생들을 사전 조사하여 날짜 약속을 받으며, 사정이 여의치 않은 학생은 담임 선생님이 잠시 대납을 하는 경우도 있었다.

모범학급제 때문에 가장 힘들었든 사람은 담임교사였다. 너무 힘들어 학교에 출근하면, 궁둥이 붙이고 의자에 앉아 있을 수 없었다. 그리고 처진 학생들을 매일 매일 상담을 하지 않으면 안 되었다. 너무 힘들어 포기한 교사는 될 대로 돼라 학생들이 알아서 하면하고 나는 모르겠다는 담임교사도 있었다. 이런 반은 꼴찌를 벗어나기 힘들었다. 꼴찌를 하면 지금 같으면 학생들이 편하여 담임 선생님에게 환호를 보내며, 학교 당국에 질타성 야유를 보내겠지만 그 당시에는 학생과 학부모님들이 담임을 무성의한 교사로 낙인찍음으로 그 시선이 두려웠다. 그리고 교장 선생님이 절대 권한으로 환경쇄차 선생님을 중도에 인사이동시킬 수 있는 때였기에 "임지를 묻지 마라."하였다. 그리고 중간에 인사조치되므로 쌓아 놓은 공적이 있기 전에는 신분이 불안하였던 것이다. 지금은 상상조차 못 할 원로처럼 생각될 것이다.

교사뿐만 아니라 학생들도 너무너무 힘들었다. 오죽했으면 학교를 "창살 없는 감옥"이라고 하며, 졸업식 때 교복을 찢고, 밀가루를 뒤집어쓰며, 괴성을 지르며 고통을 표출하였을까?

이렇게 힘든 것만큼 학교는 일사분란하게 움직였고, 학교의 성적은 우수하였고, 절도는 육사를 뺨칠 정도로 절도가 있었다. 농사와 사람은 뿌린 대로 거두는 것이 맞는 것 같다. 이것의 결실은 몇 년 후 강릉고등학교가 강원도 정점을 찍었고 아니 전국에서도 이름을 올린 적이 있다. 그 당시의 많은 인재들이 전국에서 두각을 나타내고 있는 것이다. 이것이 교육의 보람이 아니겠는가?

애정이 많은 나는 힘들었지만 학생들을 키우고 학교를 윤기 나게 한다는 이 일념에 모범학급제에 동의하고, 찬사를 보내며, 나도 관리자가 되면 이 제도를 꼭 시행하여 당나라 대군을 물리친 안시성의 양만춘 장군처럼 활력 있는 학교를 만들어 보겠다고 다짐하였다.

그러나 시대 상황이 많이 바뀌어 모범학급제를 시행하기는 하였어도 많은 저항에 부딪치며, 효과가 있었는지 인지하지 못할 정도였다고 생각된다. 단 한 분의 선생님이라도 학생들을 위하여 이 제도를 따르는 것으로 나는 위안을 받았다. (사람들은 누구나 힘든 것을 피하고 편안한 것을 추구하기 때문이다.)

아무리 좋은 제도라도 그 제도를 받아들이는 대상자들이 참여하지 않으면 아무런 소용이 없는 것이다. 제2공화국 때 내각 책임제가 서구의 최고 민주주의를 도입하였지만 국민들이 민주주의를 제대로 맛보지 못한 사람들이 이 좋은 제도를 따라가고 제대로 운영이 될 리 없는 것이었다.

나의 생각이 잘못되었는지는 몰라도 지금 민간 개인 기업체들은 예전의 내가 겪던 모범학급제의 전쟁터 같은 직장을 나가고 있기에 노동자들이 힘들어도 대학민국의 경제를 이들이 피와 땀으로 끌어 올려 한강의 기적을 만든 것이 아닌가? 생각한다. (대기업에 다니는 사람들은 숨통이 막히는 노예라고 생각하는 사람들도 있지만) 그런데 예전의 학교가 무너지듯이 이 경제도 이제는 서서히 더 버티기 힘들어져 가는 것 같다.

앞이 캄캄하고 숨이 막힐 정도로 힘들었지만 나는 이 모범학급제를 추운 겨울을 이겨내며 눈 속에 아름답게 피어나는 매화꽃처럼 값지다고 생각한다. 이 꺼져가던 향수를 나는 중국 서안에 가서 자매학교를 방문하고, 그 위력을 찾을 수 있었다. 성적우수자와 베이징 대학에 합격한 학생들의 명단과 사진을 현관 입구에 크게 게시하고 교장의 학교 브리핑시간에 발표하는 것이 우리의 예전에 힘들어 없어졌던 것들을 하고 있었던 것이다.

이 나라에서 다시는 모범학급제 같은 것은 꺼내지도 보지도 못할 것이 안타깝게 생각된다. 미국의 대통령들이 한국의 교육에 찬사를 보냈던 것은 바로 이러한 느낌을 받은 것이라고 생각한다. 한강의 기적은 이런 교육에서 이루진 것이 아니겠는가? 자부하고 싶다.

선생님을 너무나 사랑했기에

여자 고등학교에서는 여학생들이 젊은 남자 선생님을 짝사랑한 나머지 교육적 지도에 어려움이 있는 경우가 종종 있다. 그래서 교육청에서는 가급적 총각 선생님을 여고에 보내지 않으려 한다.

30년 전 모 여고에 근무할 때의 일이다. 1학년의 한 여학생이 국어 선생님을 짝사랑하다가 지나쳐 상사병에 걸리게 되었다. 나는 그때 상담부장을 맡고 있어 그 여학생이 국어 선생님께 보낸 편지를 보고, 말로만 듣던 이런 일이 실제로 있구나 하는 것을 실감할 수가 있었다. 편지의 내용은 "선생님이 보고 싶어서 집에 오면 빨리 하루해가 지나서 학교에 달려가고 싶고, 국어 시간에는 선생님만 쳐다보느라고 무엇을 배웠는지 아무것도 기억에 남지 않으며 집에 가서는 매일 편지를 써서 다음날 선생님 책상에 갖다 놓는 것이 유일한 낙이라는 것이었다. 선생님의 눈에 뜨게 하는 옷(그 당시는 교복 대신 자유복을 입을 때였음)

을 입고 등교하여 수업시간에 선생님이 한 번 쳐다봐 주기만 하면 그 것으로 황홀경에 빠졌으며, 출근하는 선생님의 구두를 닦아 드리고 싶고, 선생님에 대한 꿈을 매일 꾼다는 것이다. 일요일에는 선생님이 보고 싶어서 선생님 댁 문 앞까지 갔다가 사모님이 집안에 들여 주지 않아서 문 앞에서 엉엉 울었다."는 편지의 내용이었다.

이쯤 되면 정상적으로 지나가는 대다수의 학생들과는 좀 다른 것이다. 교과목으로 보아서는 대체로 감정의 수수 전달을 하는 국어나 예체능 선생님들이 학생들의 사모의 대상이 될 가능성이 많다. 어렸을 때 학생들이 이성의 눈을 학교의 선생님으로부터 뜬다는 말이 있다. 대부분의 학생들이 정도의 차이는 있지만 이와 비슷한 열병을 앓고 지나간 학생들이 많이 있을 것이다. 드문 경우이기는 하지만 어느 드라마에서는 교사가 제자와 결혼하는 내용도 있었다.

지금도 비슷하지만 그 당시 학생들의 직업 선호도 조사에서 교사가 1순위로 나타난 것을 보았다. 학생 때에는 선생님 외에 다른 세계와 접할 수 있는 기회가 별로 없기에 다른 직업에 대해 알지를 못하는 것이 가장 큰 이유가 아닐까 추측해 본다. 생각이 단순하고 시야가 좁은 때에 유일한 이성으로 하루 종일 마주 보는 교사가 지식의 위대한 전수자로 흠모와 연정의 대상으로 바뀔 수 있을 것이다.

이 경우 교사가 학생을 대하는 3가지 유형을 생각해 본다.

첫째, 학생이 사랑하는 것에 끌리어 교사마저 자제력을 잃고 흔들려 불더미 속으로 들어가는 경우이다. 학생과 교사 모두 큰 상처를 남기게 된다. 자아가 성숙된 교사에게 책임이 있으며 있어서는 안 될 사안일 것이다. 사춘기에 누구에게나 있을 수 있는 감정을 원천적으로 막기에는 어려우리라 생각된다. 제자와 결혼하는 사례도 있기는 하지만, 바람직하지 않다고 생각된다. 왜냐하면, 부부관계란 남녀의 동등한 사랑을 주고받는 수평적 관계인데, 스승과 제자는 수직적 관계이므로 불평등한 상하의 층이 있어서는 자연스럽지 못할 것이다.(제자가 미성년이라면 불법행위를 저지른 경우이며 성년이 되었다면 별 문제가 없다고 봅니다.)

둘째, 학생의 행동이 잘못되었다고 불러서 나무라거나 꾸짖는 경우이다. 이 경우 내성적이거나 감정의 조절이 되지 않는 학생은 사람을 미워하거나 자살 등의 극단 상황으로 치달을 염려가 있다. 이것을 감당하지 못할 학생이라면 학생의 앞날에도 장애가 발생하므로 바람직하지 않다고 생각된다.

셋째: 교사가 그 학생을 보통의 다른 학생과 똑 같이 상대를 하는 경우이다. 자아가 성숙되지 않은 이들 학생들은 서서히 자기 자신을 되돌아보며 파도가 방파제에 부딪쳤다가 되돌아가듯이 처음엔 가슴앓이를 하지만 서서히 다른 학생들과 다름없이 자기 자리를 찾아갈 것이다. 교사가 꿋꿋이 자기의 자리를 의연히 지켜갈 때 타오르던 불길은 서서히 가라앉고 식어 갈 것이다.

학생이 먼 훗날 성장하여 지난 일을 돌아보면 아무것도 아니었다고 생각할 수 있을 것이다. 당시엔 주위에서 아무리 조언을 해줘도 들리지 않고 다른 것들이 눈에 보이지 않는 근시안적 인간이 되었던 것을 깨달을 것이다. 시멘트 가루에 모래와 물을 섞어 반죽을 하고 마를 때까지 가만히 놓아두면 수분이 증발하면서 단단해지듯이 짝사랑에 빠진 아이들도 의연히 평상심을 가지고 가만히 지켜보는 것이 약일 수도 있다. 어렸을 때는 잔병을 앓고 나을 때마다 야물어지고 재주가 한 가지씩 늘어난다는 말이 있다. 청소년기에는 이런 열병을 앓고 나면서 성숙해질 것이다. 하지만 교사와 학부모는 사태를 항상 주시하고 스스로 가라앉지 않을 위험이 있다면 시기를 놓치지 말고 전문가와 상담을 통해서 해결토록 해야 할 것이다.

지각 대장

나는 고등학교 다닐 때 명예롭지 못한 "지각 대장"이란 별명을 가지고 있었다. 예전에는 어떤 부분에 뛰어날 때에 대장이란 칭호가 보편화되곤 하였다. 유별나게 지각을 많이 하여 붙여진 별명이었다. 고2 한 해에 지각을 7번이나 하여 결석이 한 번도 없었지만 그 흔한 개근상을 못 받았고 따라서 3년 개근상도 받지 못한 아픈 추억을 가지고 있다. 지각이라야 크게 지각하는 것이 아니라 10분 이내의 지각을 하는 것이었다. 주로 아침 학급 조례 시작할 때에 늦곤 하였다. 어느 날은 출석을 부를 때 나의 이름을 막~ 부르실 때에 교실 문을 열고 들어오면서 "예"라고 하여 웃음바다가 된 적도 있었다. 담임 선생님께서 이번은 용서하여 지각 아닌 것으로 하여 놓지만 다음에는 늦으면 지각 자를 벌하겠다고 하시었다. 내가 평소에 잘 보인 행실로 점수를 좀 벌어 놓은 탓으로 벌 집행을 피하시려는 담임 선생님을 곤혹스럽게 만들면서까지 악습은 근절이 되지 못하였다. 지각이 습관화되어 있는 나로서는 그

다음날도 담임 선생님의 선심도 외면한 채 또 지각을 하였던 것이다.

이렇게 지각이 몸에 밴 것을 변명을 하고, 합리화를 한다면 시간을 아끼기 위함이었다. 공부하기에 1분 1초가 아까운 때에 아침 일찍 학교에 가면 조례가 시작되기 전까지 시끄럽게 떠드는 시간이 아까웠던 것이다. 그리고 어떤 모임에서 시작하기 전까지 허송하면서 보내는 시간이 금을 버리는 것처럼 아까웠다. 그리하여 집에서 무엇이나 한 개라도 더 긁적거리며 일하다가 가야 직성이 풀리었던 것이다. 누구에게나 비슷한 시간이 주어져 있는데, 누가 무엇을 잘 한다는 것은 그 사람이 그곳에 시간을 더 투입한 차이라고 생각하였던 것이다. 그러므로 나에게서 지각은 시간을 아끼어 더 많은 시간을 활용하려는 것이며, 천천히 걸어가면 10분이 소요될 거리를 뛰어서 5분 갈 것으로 간주하고 5분을 더 앉아 그 시간을 활용하기 때문인 것이다. 역설적으로 말하면 지각은 오히려 빨리빨리 서둘러 자투리 시간을 이용하여 많은 것을 하려는 마지막까지 최선을 다하려는 다짐이 들어 있는 것이다. 나에게 지각이 고착화되다 보니 이제는 습관화되었다. 이것이 그 당시 유행하던 코리안 타임과 어우러지면서 더 공고화되었던 것이다.

소요되는 시간을 딱 맞추어 놓고 움직이건만 지각을 하는 것은 가는 동안 변수가 생기어 소요 예정시간보다 더 많은 시간이 소요되기 때문이다. 가다가 중간에 지인을 만나기도 하고, 동네 골목길 위로 하수구 물이 얼음판으로 변하였는데 뛰어가다가 미끄러져 시간이 더 걸리는 경우이다. 이러한 변수를 극복하기 위한 것이 빠른 걸음이고 뛰는 것이었다. 그 결과 나는 요즈음도 걸음이 무척 빠른 편이다.

이러한 지각은 시험 때에도 늦은 적이 있고, 차 시간에도 늦어서 그 대가를 혹독하게 치룬 적이 여러 번 있었다. 이러한 것에 스트레스로 내가 병약한 원인이 되는데 일조를 하였으리라 생각한다.

이러한 좋지 않은 습관은 몇 십 년이 흘러 성인이 되어서도 고쳐지지 않았다. 이러한 것을 고치기 위해서 시계를 10분 정도 앞당겨 놓았지만 앞당겨 놓은 것만큼 또 늦게 행동하는 것이다. 이러한 병폐는 차를 운전하면서 더 위험에 봉착하였다. 늦은 시간을 벌기 위해서 차를 난폭하게, 무리하게 몰고 아슬아슬하게 신호를 넘어가는 것이었다. 이것은 생명에 관계되기에 고쳐야 되겠다고 항상 마음을 먹고 있던 어느 날 어디선가 보았던 3"ㄴ"의 덕이 떠올랐다. 3ㄴ은 "느긋하게", "넉넉하게", "너그럽게"였다.

오늘 날 한국의 세계 제일의 IT문화는 "빨리 빨리"문화와 전화기를 어깨 사이로 짓눌러 받으면서도 손으로는 다른 작업을 하는 놀라운 근면성으로 이루어낸 금자탑이라고 한다. 그러나 뒤늦게 시작한 중국의 "만만디", 뚜벅뚜벅 황소걸음도 필요한 때가 있는 것 같다.

하루 중 저녁때 그 날 하루를 뒤돌아보며 여유로운 마음으로 가족들과 차를 마시며 넉넉한 시간을 보낼 때 하루의 피로가 풀릴 것이며, 일 년 중 늦가을에 추수를 마친 농부가 들녘을 바라보며, 땀을 식힐 때 행복할 것이고, 인생의 노년에 손주들과 아옹다옹하면서 느긋함을 맛봄이 있을 때 삶에 여유로움이 있을 것이다. 머리가 다이야 몬드처럼 빛날 때는 달리는 버스에서도 뛰겠다는 심정으로 살아야 되겠지만 노년인 지금에 와서는 달리는 것 못지않게 쉼도 필요하고 중요할 것이다.

들녘에 가을걷이도 알뜰하게 거두어들이는 것보다는 우수리를 남기어 새들도 먹고, 가난한 사람들도 거두어 갈 수 있도록 하여야 할 것이다.

이제껏 바둥바둥 헐떡거리며 숨 가쁘게만 올라왔던 산도 뒤돌아보며, 병풍처럼 겹겹이 물결치듯이 면면히 이어지는 산세의 아름다움도 감상하는 것도 소중한 일일 것이다. 그간 쌓아 온 것이 별로 없지만 이제는 쌓지만 말고 나누며 남을 위하여 봉사하는 것에 지각하지 말아야 하겠다.

제2부

사탕발림

친밀도를 유지한 상담

요즈음 상담이라는 말이 흔하여 모든 것에 쉽게 상담이라는 단어가 따라붙는다. 상담이 학교에서 어려움에 처한 학생을 상호 간 대화를 통하여 문제를 해결함으로써 바람직한 방향으로 이끌어 주고자 하는 데 목적이 있다. 요즈음은 주로 기업경영 등 경제적인 문제에서 보다 나은 수익 창출을 위하여 정보를 얻기 위하여 상담하는 것을 컨설팅한다는 말로 많이 쓰고, 상담하여 주는 사람을 컨설턴트라고 한다.

진정한 상담은 이루어지기 어려운 것이다. 대화가 된다 하더라도 그 효과를 거둔다는 것은 더욱 어려운 것 같다.

어떤 부인이 남편과 의견이 맞지 않아 사사건건 부딪치므로 상담소를 찾아가 남편을 변화시킬 수 있는 상담을 어떻게 하여야 하느냐고 묻자. "남편을 상담으로 변모시킬 생각 말고 이혼하고 혼자 살거나 마음에 맞는 다른 남자를 얻는 것이 더 빠릅니다."라고 하였단다. 그 나이까지 평생 살아오면서 축적된 것들이 요술 방망이처럼 말 몇 마디에 다른 사람으로 바뀌는 것이 아니기 때문이다. 사람의 성격이 항구여일하여 언제나 일정한 패턴으로 반응하기에 우리는 그것을 성격이라고 한다. 그런데 말 몇 마디로 왔다 갔다 한다면 성격이 없다고 보아야 할 것이다.

새로운 변화를 가져오려면 어찌 보면 그 사람이 살아오면서 축적된 기간만큼 시도하려는 새로운 변화를 오랜 기간 지속적으로 자극을 주어야 할 것이다. 우리 속담에 "세 살 적 버릇 여든까지 간다."고 하지 않았던가?

학교에서의 상담은 어떤 의미에서는 진정한 상담이라고 할 수가 없다. 상담은 내담자와 상담자 간에 마음의 문을 열고 대화가 오고 가야 하지만, 학교에서의 상담은 학생과 선생님과 대화는 대부분 선생님의 일방적 훈계로 흐르고 있거나, 공부 열심히 하라는 말로 시작하여, 공부 열심히 하라는 말로 끝나는 속마음의 교류가 전혀 없는 대화 부재인 것이다. 공부라는 틀에 꾸겨 넣는 것이므로 진정한 대화가 이루어지지 못하고 있는 실정이다. 말을 하여야 할 사람은 학생이고 선생님이 그 말을 듣고 조언을 하여야 하는데 거꾸로 학생의 말은 거의 없고, 선생님의 훈계조의 장황한 말씀이 머리를 더 혼란하게 하기 때문이다. 학생은 진정으로 동의하지 않아도 강요로 끌려가고 하기 싫은 것을 하므로 효과가 없는 것이다. 그 자리에서는 어쩔 수 없이 듣는 것처럼 하여도 교무실 문을 나오면서 그것은 아닌데 하면서 "아이고! 속터져"할 것이다. 학생의 뜻은 반영이 되지 않거나 말할 기회조차 없어서 지루하게 강요만 받고 왔다면 시간이 많이 흘러가도 효과는 별로 없는 것이다.

대부분의 학교에서 교사와 학생, 가정에서 부모와 자녀 간의 대화가 대부분 훈계 일변도가 되어 효과를 거두지 못하거나, 대화가 단절되는 이유인 것이다. 진정한 상담은 내담자 중심의 상담이 되어야 한다.

상담이 잘 되려면 피상담자가 상담자를 신뢰하여 마음의 문을 열고 흉금을 털어놓고 말하고 또 상담자의 조언을 받아드릴 때 효과가 있는 것이다. 학생들이 가장 선호하는 상담자로 친구를 꼽고 있다. 그래서 요즈음 또래 상담이 실효를 거두고 있는 것이다. 상담이 잘 되려면 우선 피상담자와 상담자 간에 친밀도(rapport)가 형성되어야 할 것이다. 서로 간에 자긍심을 가질 수 있도록 신뢰하고 정을 느낄 수 있는 편안한 관계가 되어야 무슨 말이라도 꺼낼 수 있는 분위기가 될 것이다.

어려운 관계가 되면 상대편을 두려워하며 경계하여 말하였을 때 어떠한 화근이 미칠까 두려워 말을 제대로 못 하거나 자기의 생각과 다르게 변질되게 말한다면 상담은 효과가 없을 것이다. 대화를 통하여 효과를 얻으려면 상대방의 대화를 통하여 가슴 깊은 곳까지의 모든 것을 숨김없이 다 털어놓고 말할 때(이때에 레포가 형성되었다고 한다.) 감정이입(感情移入)이 되어 마음의 감동이 마음의 변화에서 행동의 변화를 가져와야 하는 것이다. 이러한 친밀도가 형성되려면 오랜 기간 공을 들여서 상대에 푹 빠져 모든 것을 신뢰할 수 있어야 할 것이다. 이러한 관계를 유지한다는 것은 참으로 어렵다. 궁합이 맞는 천성이 아니고서 배워서 터득하기란 어려울는지 모르겠다.

상대를 변화를 시키려면 내가 변화되어야 하고, 말이 없더라도 오랜 기간 무언의 행동으로 무슨 말이라도 꺼낼 수 있다는 신뢰를 쌓아가야 한다. 상대의 다름을 인정하여야 한다. 상대를 나의 틀에 꾸겨 넣어서 나의 쪽으로만 오도록 하는 것은 무력으로 남의 나라를 강제로 점령하여 강압하는 것이나 다를 바가 없을 것이다. 남들은 나와 다를 수 있다는 것을 인정하고 더 나아가서 나의 생각이 잘못될 수도 있다고 인정하며, 마음의 문을 열을 때 상대도 마음을 열지 않을까?

안방에서 시어머니 말을 들으면 시어머니 말이 옳은 것 같고, 부엌에 와서 며느리 말을 들으면 며느리 말이 옳은 것 같이 들린다고 한다. 신문을 보았을 때 어떤 정책에 대하여 찬성의 말을 들으면 찬성 측이 맞는 것 같고, 그다음 반대 측의 말을 들어보면 앞의 것이 뒤집히는 경우가 있다. 사안은 일방적이 아니라 반드시 양면성을 가지고 있어서 보는 관점에 따라서 정반대로 나타날 수 있다. 역지사지(易地思之)라고 입장을 바꾸어 보면 남을 쉽게 남의 처지를 이해할 수 있을 것이다.

오늘 신문을 보니 70대 이상의 황혼 이혼이 전년도 보다 6.6배가 늘었다니, 부부일심 동체라는 말은 옛말이 되었는가? 사람의 마음은 바꾸기 어렵다. 그래서 성공적인 상담은 어려운 것이다.

바른 진로 지도

SNS상에 며칠 전 이런 기사가 실린 것을 보았다. 서울대 출신 진로 지도 달인 강**씨가 대학입학 상담을 맡아 한 학생을 서울공대에 합격을 시켜 놓았는데 그 어머니가 문자상으로 "야 이 죽일 놈아, 내 아들 책임져."라는 것을 받고 깜짝 놀랐다는 것이었다.

이 사건의 당사자인 A학생은 수능 성적이 잘 나왔는데 서울대 공대와 다른 대학 의대를 합격하여 이 두개 대학의 진로를 놓고 강씨에게 멘토를 요청하여 받은 결과 서울대 공대로 진로를 결정하여 서울대 공대에 입학하였다는 것이다. 그런데 뒤늦게 A학생의 어머니가 이 사실을 알고 아들을 책임지라고 욕설을 퍼부은 것이다.

멘토를 맡은 분은 학생의 진로와 적성을 생각하여 서울대 공대를 권유하였겠지만 학생의 어머니는 앞날의 부귀영화를 놓친 것을 분개하고 있는 것이었다.

참다운 진로 지도는 무엇일까? 말할 것도 없이 그 학생이 잘하고,

좋아하는 다시 말하여 적성에 맞는 곳으로 가도록 지도해 주는 것이다. "천재는 노력하는 자를, 노력하는 자는, 즐기는 자를 이길 수 없다."라는 말이 있다. 하기야 즐기기 때문에 스스로 재미가 있어서 노력하겠지만, 천재라도 즐거워서 시간 가는 줄 모르고 주야로 몰두하는 사람을 따라 갈 수 없는 것이다. 즐기는 것이 무엇인가 바로 적성에 맞는 것이며, 타고난 각 사람의 재능이라고 할 수 있을 것이다.

적성에 맞는 것을 할 때, 인생이 즐거워질 것이며, 발전이 있고, 또 사회에 큰 자취를 남길 것이다. 이런 취지에서 볼 때 나 또한 고3 담임과 진로 지도를 맡으면서, 적성을 떠나 서울대에 많은 합격자를 내기 위하여 과를 낮추어서라도 많은 우수학생을 서울대로 권유하였던 근시안적 불찰을 여기에 참회한다.

어느 방송에선가 오래전에 성공한 사람들의 성장기서부터 그 일대기를 다룬 프로가 있었다. 그런데 여러 편을 보다 보면 그 전공 분야는 서로 달라도 공통으로 가지고 있는 과정은 진로를 선택할 때 대개 부모님은 앞으로 경제적인 전망으로 보아서 대학을 권유하고, 학교 선생님은 우수대학이나 경제적임 면을 강조하여 학생의 적성과 무관하게 강요함으로써 학생이 가출하여 갖은 고생을 겪고, 결국에는 자기가 좋아하는 것을 하여 성공하였으나 학문적인 기반이 부족하여 뒤늦게 만학을 하여 모든 조건을 갖추어 정상 궤도를 가고 있는 과정을 밝히는 것이었다.

어찌 보면, 부모님과 선생님들의 욕심으로 학생들을 갈금질이 나게 만들어 더 적성에 대한 욕구심을 증대시킨 것이 성공의 계기가 되었는지는 모르겠으나,(악처가 성인을 만들었다고 하듯이) 오히려 분발하게 만든 것만은 틀림이 없는 것 같다. 처음부터 지름길로 갔더라면, 더 높은 고지에 올라가 있었을 것이다.

대학을 진학한 학생들 중에는 적성에 맞지 않아 전과를 하거나 재수를 하는 학생들의 대학생 전체의 21.5%나 된다니 개인으로나 국가적으로 큰 손실이 아닐 수 없다. 이 모든 것이 고등학교에서 대학을 진학할 때 적성을 고려하지 않고 점수에 따른 대학진학만을 염두에 두고 무작정 진학하였기 때문이라고 생각한다.

토트넘에서 맹활약하며 기록을 갱신하고 있는 축구 선수 손흥민은 말끝마다 자기는 세계에서 가장 행복한 사람이라고 힘주어 말하고 있다. 자기가 좋아하는 것을 찾아 그 성과를 올리고 있으니 사는 것이 즐겁고 보람될 것이다. 이토록 자기가 좋아하는 것을 하도록 도와주는 것이 최선의 진로 지도라고 생각한다. 개중에는 조기에 자기의 적성이 나타나지 않아 어떤 분야에 들어가서 열심히 하다 보니 그것에 취미를 갖고 그것이 자기의 적성으로 되는 경우도 있다. 이 경우는 적성의 계발과 신장이라고 볼 수 있을 것이다. 진로의 지도가 제대로 되지 못하여 이런 후자의 경우가 대부분이라고 생각이 된다.

부모님과 선생님들이 유심히 관찰하여 세계에 빛을 남길 위대한 사람을 만들어야 우리 아이들의 반짝반짝 빛나는 보석을 흙속에 파묻혀 지나가지 않도록 하여야 할 것이다.

공부 잘하는 학생들

이집트의 왕 프톨레마이오스 1세가 "수학을 쉽게 배울 수 없는가"라고 당대에 유명한 수학자 유클리드에게 질문을 하였을 때 '학문에는 왕도가 따로 없습니다.' 라는 유명한 말이 있다.

누구나 최선을 다해 열심히 노력하는 것이 가장 좋은 방법이라는 것이다. 요즘 공부 잘하는 비결에 대해 많은 사람이 말하고 있다. 그리고 어떤 책으로 공부하면 갑자기 성적이 올라갈 수 있다고 말하는 사람들도 많지요. 하지만 스스로 열심히 노력하지 않고 알렉산더 대왕도 찾지 못했던 '쉽게 공부하는 방법' 만 쫓아다닌다면 아무런 소용이 없다. 학문의 세계에 지름길로 가로질러서 빨리 갈 수 있는 방법이 없기 때문이다.

함께 근무하던 학교의 영어성적을 월등히 높였던 영어 선생님께 그 비법을 여쭈었더니 가장 좋은 영어성적을 올리는 방법은 "배우는 영어 교과서를 몽땅 외우고, 암기한 것을 그대로 다 쓰는 것보다 더 좋은 방법은 없다."라고 하였다. 몽땅 암기하는 여기에 단어와 숙어와 영작 독해 문법 모든 것이 모두 들어 있기에 이보다 더 좋은 영어 공부가 없다는 것이다. 그러면서 해변에 참깨 바구니를 머리에 이고 가던 바구니에 바람이 불어 깨알이 모래 해변에 산산이 흩어진 깨알을 핀센트로 한 알 한 알씩 인내심을 가지고 주워 담는 자세로 영어 공부를 하여야 한다고 하였다. 미련한 공부법으로 비법이 아니라고 생각할 수 있을 것이다. "평범 속에 비법이 있다."라고, 누구나 아는 것 같지만 이런 발상 전환이 되면 발전이 온다고 생각한다. 나는 30년 이상 학교 현장에서 성적이 우수한 학생들을 눈여겨보았다. 그리고 내 자신 많은 강습 때마다 실제 체험한 나름대로의 비법을 전하고자 한다. 시행하기만 하면 분명히 공부를 잘할 것이다.

1. 첫째 수업(강의)시간에 잘 듣는다.

잘하는 사람은 한 점이라도 놓칠세라 집중과 응시력이 대단하다. 그러나 못하는 사람은 집중이 안 되고 주의가 산만하고 도무지 들으려고 하지를 않는다. 이것이 아주 간단한 것 같아도 듣는 것이 잘 안 되어 알지 못하는 원인이 된다. 잘 듣는 사람이 얼마나 적은지 잘 듣기만 하여도 집단에서 10% 안에 들어갈 수 있다고 한다. 교사(강사)의 입장에서 그 교과에 성적을 올리려면 그 교과를 잘 듣도록 하여야 하는데 그러기 위해서는 교사가 먼저 답을 제시하는 것이 아니라 궁금증을 유발하고 곰곰이 생각하도록 ①계속 질문을 던져 가면서 수업을 진행하여야 하는 것이다.(질문학습, 발견학습). 그렇게 되면 분심이 생기지 않고 잊혀지지도 않을 것이다. 질문을 던질 때에도 미리 한 사람에게 지명을 하여 놓으면 다른 사람들은 덜 생각하기 때문에 ②수강자 모두를 대상으로 질문을 던져야 할 것이다. 질문을 더 잘하고 집중을 하게 하려면 학생들의 이름뿐만 아니라, 학생들 모두의 수준까지 파악하여 종횡무진, 문제의 난이도에 따라 학생과 매치(match)가 되도록 질문을 던지면 1시간이 언제 끝나는지 모르도록 진지하게 이루어질 것이다.

자녀를 둔 학부모의 입장에서는 귀가한 자녀들에게 넌지시 학교생활과 수업시간의 내용을 질문을 던지면 수업시간에 더 잘 듣게 될 것이다.

학생의 입장에서 잘 듣는 가장 좋은 방법은 들은 것을 요약하여 필기하는 것이다. 필기를 하려면 잘 들어 이해해야 하고, 이해한 것을 요약하여야 하고, 정리된 것을 뇌에서 명령하여 손으로 움직여 필기하도록 하려면 머리에 진하게 각인되어 오래도록 잊히지 않고 기억되며, 수업을 잘 듣게 되는 요소가 될 것이다. 듣기만 하였을 때 보다는 듣는 요약 필기를 하였을 때가 3배 이상 효과가 있다는 것이 실험에서 입증되었다.

들어도 들리지 않고 요약이 안 될 경우가 있을 것이다. 그것은 들었지만 내용을 이해하지 못하였을 때이다. 그것은 계단식 수준단계가 있는 교과에서 전 단계가 완전학습이 이루어지지 못하여 이해가 안 되는 경우이다. 예를 들어 지금 나눗셈을 배우고 있는데, 곱셈과 덧셈을 모르고 있다면 잘 들으려 해도 이해가 되지 않을 것이다. 이렇게 수준단계가 가장 심한 것이 수학, 과학, 영어 교과일 것이다. 이러한 교과가 어려운 것이 아니라 오래 학습하면서 전 단계 학습이 제대로 이루어지지 않았기 때문이다. 이러한 경우에 좀 시간이 걸리고 더디더라도 앞단계의 과정을 다시 터득하고 와야 할 것이다. 예를 들어 지금 전혀 보지 않았던 연속극 20회를 본다면 연속극이 재미가 있겠는가? 조금 알아듣고 재미있으려면 1회부터 19회까지를 처음부터 자세히 다시 보아야 하겠지만 다시 본다는 것은 시간이 많이 소요되어 요약하여 대충 요점만이라도 듣고 보아야 할 것이다. 수학, 영어가 어려운 것은 빠진(결손 된) 과정을 보충 없이 하려고 하니 안되는 것이다. 잘 가르친다는 것은 결손된 것을 요약하여 그때 그때 사이사이에 넣어서 수준이 점핑된 것을 낮은 데서부터 쉽게 연결시켜 주는 것이다. 선생님들이 자기의 교과를 재구성하여 소화되기 쉽게 조작하여 준다면 낙오자들은 줄어들 것이다.

또 잘 들으려고 하는데 방해 요인들이 있을 것이다. 건강이 나쁘거나 집에 고민이 많거나 하는 것은 여기서 어찌할 수 없는 것이므로 개인이 해결하여야 할 것이다. 그러나 "이 교과가 필요한가? 이것을 배워서 무슨 소용이 있겠는가."라는 학업에 대한 목적의식, 동기 부여가 안 되어 있다면 즉 배우려는 의지가 없다면 이러한 사람은 자기 자신에게 최면을 걸어 필요성을 세뇌하여야 할 것이다. 선생님이 싫어져도 들으려고 하지 않으니 집에서 선생님 흉을 안보는 것이 아이를 도와주는 것이 될 것이다. 그렇기에 공부는 벌을 피하기 억지로 하는 자 < 칭찬 받기 위하는 자 < 땀 흘려 스스로 하는 자 < 즐겨하는 자 순으로 잘 할 것이다.

강의를 들었는데 잘 듣고 깨알 같은 글씨로 수북이 노트가 쌓였다면 얼마나 든든하고 오래도록 남겠는가?

2. 둘째 예습, 복습을 꼭 한다.

위의 수업을 잘 듣게 하는 것이 예습하는 것입니다. 미리 수업할 것을 공부하여 보면 궁금증이 쌓여 이것이 어떻게 설명될 것인가 하여 설명을 잘 듣게 되는 것이다. 영어 선생님들은 말합니다. "미리 영어 단어도 찾아보지 않고, 독해도 해보지 않고 수업에 들어오려면 아예 수업을 들어오지 않고 운동장에서 뛰어노는 것이 낫다."라고 이야기 한다. 예습을 안 하면 이해가 안 되어 이해할 수 없기 때문이라고 합니다.

예습을 안 하고 수업을 듣는 것은, 잠자리에서 일어나자마자 하품을 하며 바로 밥상을 받는 것과 같습니다.

복습은 들어서 안 것을 다시 한번 익혀서 확실히 내 것으로 만드는 것입니다. 앞에서 필기가 제대로 잘 되었다면 자기가 써 놓은 것은 중간 중간 단어만 보아도 무슨 내용인지 모두 생생히 떠오를 것입니다. 내가 암기하고 연습하여 확실하게 자리 잡아 오래도록 기억하게 만드는 요소가 될 것입니다. 평상시 이렇게 꾸준히 하여 온 사람은 시험 때라고 하여 별도로 공부를 하지 않고 처음부터 대충 훑어보며 총정리 하는 것으로 충분할 것입니다. 컴퓨터 사용법을 아무리 들어도 끝난 후 내 자신이 실제로 다시 한번 연습을 하여 보지 않으면 잘 안 될 것입니다. 반드시 연습을 하여 봄으로써 미진한 것 없이 완성이 될 것입니다. 수학의 경우는 유사문제 연습문제를 풀어보는 것입니다. 여기까지 하면 상위 5% 이내는 보장됩니다.

3. 셋째 이치(원리)를 생각한다. …상위 2% 이내 보장합니다.

공부를 하면서도 왜 이렇게 되는 걸까? 이렇게 하면 왜 안 되는 것일까? 등등 합리적인 생각을 하는 사람은 응용력이 붙고 조금 상황이 바뀌어도 유추하여 정확한 답을 낼 수 있습니다. 테니스에서 공을 어느 각도에서 칠 때 어떻게 변하는 것을 터득한 사람은 자기가 만들고 싶은 상황을 만들어 낼 수 있을 것입니다.

마구잡이라도 오래하다 보면 자연히 이런 것을 터득하겠지만 의도적으로 이치를 생각하는 사람은 터득 속도가 빠르고 폭넓은 지식을 갖게 되는 것입니다.

4. 넷째 1%(1등) 안에 들어가려면?

1등이 되는 비법을 말하는 것은 엉터리 거짓말일 것입니다. 왜냐하면 1등은 땀의 영역이 아니기 때문입니다. 밤새워서 노력하여 정복할 영역이 아니라고 봅니다. 위의 셋째까지 다하고, 뛰어난 재능 천부적인 탤런트가 있어야 합니다. 어떤 이는 정식 음악공부를 하지 않았는데도 음감이 있어서 기계음으로 표시할 수 있는 영역을 표현하며, 또 그것을 쉽게 터득하는 재능이 있는가 하면 어떤 이는 아무리 노력하여도 한계에 머무는 사람도 있습니다. 똑같이 외국 명화를 보고 사람마다 느끼는 감회가 다르지만, 이해 깊이도 다를 것입니다. 어느 사람은 금방 알고 심취되지만 어떤 이는 설명을 하여 주어도 잘 납득을 못하는 이가 있기 때문입니다. 비상한 사람은 수학을 교과서만 배우고도 나름대로 어려운 문제를 선생님보다 더 기발한 생각으로 답을 내는 학생도 있습니다. 이런 것은 그 분야에 재능을 가지고 있는 사람들입니다. 이런 재능이 있는 사람이라도 위의 3단계를 소홀히 하면 성취가 안 되지만, 이런 사람들이 셋째 단계를 잘 이루고 재능까지 겸비하였을 때 1등을 하는 것입니다. 그러기에 나는 사치스런 1등까지 바라지는 않습니다. 땀으로 이룰 수 있는 2등까지라고 생각합니다.

사실 여기까지 몰라서 못 한 것이 아니라 결심과 노력이 없어서 못 한 것입니다. 결국 자기와의 싸움일 것입니다. 여기까지 주로 학교에서 성적 우수한 학생들의 공통부분을 모아서 말씀드린 것입니다.

시창 연습

성경에서는 각 사람은 태어날 때 재능(달란트)을 받고 태어났다고 한다. 어찌 보면 이 달란트를 잘 다듬고 개발하여 모든 사람에게 봉사하는 것이 우리가 하느님께 응답하는 것이고 이것이 우리의 사명이며, 삶의 보람이 아닐까? 가진 재능에 투자하여야 각자는 크게 발전하고, 즐거움으로 행복할 것이다. 이것이 맞지 않으면, 노력을 많이 하여도 앞으로 나아가지 못하고 힘만 들며, 사회에 별 도움을 주지도 못하고 본인 자신도 생을 살아가는 것이 버거울 것이다.

나는 음악에 대한 소질은 전혀 없다. 악기를 접할 기회가 없던 시절 음정과 박자에 대한 개념이 정립되어 있지 못하였다. 처음 글을 모르는 초등학교 1학년 때 글자를 모르는 상태에서 글을 읽지 못하여 이야기 내용만 듣고서, 그림만 보면서 교과서를 그럴싸하게 스토리를 엮어 엉터리로 책을 줄줄 암기한 때가 있었다. 누가 보면 글을 잘 읽는 줄 알지만 전혀 글을 몰랐던 것이다. 이것은 중학교에 들어가서 영어 시간에도 마찬가지였다. 영어 문장은 뒤로 한 채 페이지만 보고 해석을 줄줄 외워갔던 것이다. 그리고 잘한다고 칭찬을 받았다. 영어 시험도 철자를 암기하지 않아 인쇄체를 눈으로만 익히다가 시험에 필기체로 글자모양이 바뀌면 전혀 무슨 단어인지도 몰랐다. 그리고 시험은 적당한 전치사 넣는 것은 책의 순서대로 그대로 암기하여 다 맞혔으나 엉터리였다. 조금만 순서를 바꾸어 놓았어도 까막눈이 되건만 그 엉터리 대가를 몇 10년이 지나서 지금까지도 톡톡히 받고 있는 것이다.

그와 똑같은 상황이 나의 음악시간에 초등학교에서 고등학교 초까지 이런 상황이 이어졌던 것이다. 음악책에 나온 노래를 악보를 보고 부르는 것이 아니라 그냥 노래를 암기하여 악보와 무관하게 불렀던 것이다. 그렇게 음악시간을 보냈고, 또 그렇게 노래를 불러도 점수를 그럭저럭 잘 받았던 것이다. 그러나 악보에 대한 것은 까막눈이었다. 몰랐던 노래는 전혀 혼자서 익힐 수가 없었다. 그러나 고등학교 2학년 때 와서야 음악 선생님을 잘 만나 나와 같은 대다수의 엉터리 음악공부는 조금 시정될 수 있었다. 음악 선생님께서 음악시간에 어려운 음악책은 뒤로 하고, 한 시간에 만들어 가지고 온 몇 소절짜리 악보(주로 다장조의 한 박자짜리 단조로운 악보에서 시작)의 시창연습을 배움으로 악보에 대한 눈이 조금씩 떠지기 시작하였다. 그러나 이것은 너무 늦었다. 1주일에 1시간으로 2학년, 1년만으로 음악은 완전히 끝나는 것이기 때문이었다. 음감이 있고 속도가 빨랐던 학생들은 기말고사 때 몇 소절의 악보를 나누어주고 부르는 노래를 제대로 불렀다. 음감이 둔한 나는 아무리 노력을 하여도 박자와 음정이 흔들리고 정착이 되지 못하였다. 그래도 상당히 발전하였던 것이다. 처음은 재미없던 음악시간이 너무 짧고 재미있었다. 1년만 더 배웠더라면 기초가 터득이 되었을 텐데… 고등학교를 마치면서 음악은 완전히 졸업이 되었던 것이다. 아마도 초등학교부터는 못하였다 하더라도 중학교 때 부터라도 이렇게 하였더라면 얼마나 눈이 뜨였을까 아쉬움이 많았다.

그 후 음악에 재미 아닌 관심을 갖게 되어 이것을 완성하기 위하여 헌책방(고서점)에 들러 초등학교 전 학년 음악책을 구입하여 이미 아는 노래를 계이름으로 노래를 연습하였다. 초등학교 교재를 택한 것은 내가 부르는 계이름이 알고 있는 노래와 일치하는가 하는 것과 아직 나의 부정확한 악보 실력을 알고 있는 노래를 통하여 확고하게 정착시키고자 하였다. 그중에서도 모르는 초등학교 노래를 스스로 계이름으로 익혀 보기로 한 것이다. 지금처럼 피아노를 배우고 이것을 토대로 연습을 하면 조금 쉬우련만 그 당시는 피아노를 쉽게 접할 수 없는 때라 그렇게 할 수는 없었던 것이다. 모르는 초등학교 노래를 계이름으로 익히기는 하였는데 이것이 제대로 맞는 것인지 몹시 궁금하였다. 어느 날 지나는 길에 라디오에서 흘러나온 노래가 내가 처음 익힌 노래와 거의 일치하는 것을 듣고 성취의 쾌감을 느꼈다.

이 사건은 교육에 있어서 나에게는 큰 희열이자 충격이었다. 왜 선생님들은 학생들의 이런 상황을 모르고 엉터리 죽은 공부를 가르쳤나? 이러한 것이 비단 음악뿐만 아니라 모든 과목에서 벌어지고 있었던 것은 아니었던가? 그렇다. 중요한 것은 조금 늦더라도 기본원리와 이치 그리고 기초를 확립해서 나아가야 하지 않을까? 영어도 그토록 오랜 세월 배우면서도 죽은 공부를 하였기 때문에 말 한마디 못하는 것이 아닐까?

내가 택한 수학에서 이러한 것을 바로 잡아야 되겠다고 생각하였다. 그러나 원인을 알면서도 이것의 치료가 그리 간단한 문제 아니었다. 왜냐하면, 초등학교 때라면 쌓아 온 것이 얼마 되지 않기에 맨 밑바닥에서 다시 시작하여 올라와도 금방 올라갈 수 있지만 중학교를 거친 고등학교 말에서는 짧은 시간에 복구하기란 불가능하기 때문이다. 또 이렇게 한다고 하여도 받아들이는 학생들이 동의하여 하고자 하는 굳은 의지가 있어야 하고 지도하는 교사는 몇 배의 열정과 노력이 들어가야 하기에 대부분 현실에 안주하며, 체념과 전철을 답습할 수밖에 없는 것이다. 그러기에 고등학교에서 수학시간은 기초가 안 되어 있는 상황에서는 너무 재미없고 지도하는 교사도 애간장이 마를 지경이다. 악보를 전혀 볼 줄 모르는 학생들이 과반이 넘는 상태에서 고등학교 음악책을 지도하는 것이나, 다름없는 고등학교 수학 수업시간, 눈을 감아야 하나, 눈을 떠야 하나 항상 진퇴양난이었다.

단계적 학습의 교과에서는 전 단계의 기초가 확립되어 있지 않을 때 그다음 단계를 전혀 이해할 수 없는 것은 자명한 것이다. 수학은 기초를 가장 필요로 하는 교과이다. 이러한 면에서 수학이 어려운 것이 아니라 누적된 결손이 현재의 어려움을 만든 것이다. 이것은 본인과 지도교사의 노력으로 공백을 보강하여 달리는 열차에 올라타야 한다. 이것이 기초를 요하는 모든 교과에서 빚어지는 상황이 아닌가?

이런 면에서 보면 대학 4년간보다 초등학교 4년이 더 중요한 것 같다. 공부뿐만 아니라 모든 배우는 것은 기초부터 원리를 쉽게 익혀야 스스로 멀리 나아갈 수 있을 것이다.

음악시간의 시창 연습이 항상 나를 깨우쳐 주며, 그것은 나의 수학

지도에 커다란 교훈이 되었다. 모든 선생님이시여! 뒤쳐진 학생들을 져버리지 말고, 초등학교 때 나머지 공부를 시켜서 완전학습을 하듯이 학생들을 나의 아들딸로 보고 열정으로 지도하여 헤매는 학생들이 없기 바랍니다.

나는 잘 가르치는 선생님이란 "어려운 것을 알아들을 수 있도록 쉽게 가르치는 것이고", 잘 못 가르치는 선생님은 "아는 것도 어렵게 만들어 아리송하게 잘 알아들 수 없게 가르치는 선생님이다."라고 정의하고 싶다.

어린 새싹 때가 중요하지 않은가? 대학 때보다는 초등학교 때가 초등학교 때보다는 어머니 뱃속일 때가 더 중요할 것이다. 심성이 여기서 결정되기 때문이다. 임신을 하였을 때 좋은 음악을 듣고, 심성을 바르게 하는 것이 아이의 평생을 좌우하는 좋은 태교가 된다고 한다.

모든 교과 선생님들이 나의 시창 연습 선생님처럼 바닥에서부터 기초를 익혀주시기를 바라는 것은 연목구어(緣木求魚)인가?

사탕발림

눈에 넣어도 아프지 않을 손주가 왔다. 한창 말을 배울 때가 되어 더욱 사랑스럽다. 아기를 살아 움직이는 장난감이라 하더니만 맞는 말인 것 같다. 나는 환심을 좀 사려고 사탕과 초콜릿을 사놓고 주려고 하니 "똥이야 똥"하면서 시큰둥 한다. 왜 그런가 하고 알아보니 어린이집에서 사탕을 많이 먹으면 이가 썩고 벌레가 먹는다고 많이 먹지 말라는 뜻으로 가르친 것 같다.

많은 직업 중에 사람을 많이 상대하는 직업들이 힘들다. 많은 사람의 의견에 부합하려면 신경을 많이 쓰게 되어 스트레스를 받기 때문일 것이다. 그중에서도 연예인, 운동선수, 정치가, 교사 등등 수요자의 입맛에 맞추어야 하므로 피곤하고, 대중의 취향에 맞출 수밖에 없을 것이다.

요즈음은 민주화되어 모든 분야에서 설문조사를 통하여 의사결정을 내리므로 구성원들의 의견이 다른 때보다 중요시되는 상황이다.

그러한 면에서 가르치는 직업은 큰 보람을 느끼기도 하지만 배우는 학생들이 등을 돌리고 따르지 않으면, 그러한 비극도 없을 것이다. 그렇기에 교사들은 자기 나름대로 학생들로부터 인기를 얻으려고 알게 모르게 인기 관리에 노력을 기울이게 된다. 물론 자기의 교과를 열심히 잘 가르쳐야 되겠지만 이러한 것이 뒷받침되지 않을 때는 학생들의 환심을 살 수 있는 얄팍한 방법들이 동원된다. 어려운 교과는 조금 뒤로 물리고, 첫사랑 경험담 이야기며, 집안 이야기로 삼천포로 빠진다. 이야기를 하다 보면 수업 끝종이 울린다. 학생들은 공부하기 힘들고 얄팍한 재미에 다음 수업시간이 되어서도 잊지 않고 앙코르를 요청한다. 내가 근무하던 C학교의 K선생님은 수업시간에 매번 다른 곳으로 헤매어 진도를 제대로 나가지 못하니, 못 나간 진도는 나중에 시험문제는 힌트를 주고, 벼락치기로 제목만 건드리면서 대충 진도를 마감한다. 그래도 힌트로 성적은 더 높다. 대학진학을 염두에 둔 성적 우수자는 애가 타지만, 성적과 거리가 먼 대다수의 학생들에게 이 선생님이 인기짱인 것이다. 교감 선생님도 그러한 소문을 들었는지 K선생에게 빈정거리는 말투로 "아마 교장을 학생들의 인기투표로 뽑았으면 K선생은 벌써 교장이 되었을 거야." 반면 B수학선생님은 공식을 증명해가며 난이도가 높은 문제만을 골라서 가르치므로 대다수의 학생은 이해가 잘 안 되고 그 시간을 재미없어하며, 인기 조사에서 좋은 평을 받지 못한다. 심지어 학급일지에 수학선생님을 교체하여 달라는 건의가 들어오기도 하였다.

그런 것만은 아니지만 그래서 선생님의 인기와 바람직한 사도의 상과 일치하지 않는 부분도 있다. 학생들의 잘못하였을 때 바로잡아 주지 않고 외면하고 사탕발림으로 시험을 쉽게 내어서 점수를 잘 주고, 수업을 대충대충 가르치는 교사가 대개 인기가 더 높을 때가 있다. 학문의 전당인 대학에서조차 학점을 잘 주는 교수의 강의는 수강신청 때 초기에 수강 접수가 마감되어 뒷돈을 주고 거래를 한다고 한다.

학생들의 수학 여행지나 교복 등은 선호도 조사로 개인의 취향에 따른 것들이므로 다수의 의견을 존중함이 좋겠지만 입시제도나 나라의 정책 같은 것은 전문가가 고도의 자료를 분석하고 논의를 거쳐 입안할 것이지 이런 것을 설문으로 정하는 것은 사탕바림에 놀아나는 나약한 해악을 가져오는 것밖에 안 된다. 군대의 기간을 늘려야 되느냐? 줄여야 되는가? 세금을 더 내야 되는가? 줄여야 되는가? 학생들에게 시험을 보아야 하는가? 시험을 보지 말아야 하는가? 이러한 설문을 한다면 제대로 나올 수가 없는 것이다. 종교인들에게 과세를 부과할지 말아야 할지를 종교인들에게 묻는다면 아마도 절대다수는 "아니요"라고 답할 것이다. 잘못된 민주주의는 그릇된 엉터리 다수가 진실 된 소수를 구렁텅이로 몰아넣는 우를 범할 것이다.

그렇다고 설문조사나 투표가 모두 진실과 정반대되는 것만은 아닐 것이다. 일치되는 경우도 있고 일치되지 않는 경우도 있다는 것이다. 그렇기에 설문이나 투표는 구성원들의 의식수준이 높아 진정한 평가가 가능할 때 옳은 결과가 나올 것이다. 그렇지 않은 때는 실제와 반대의 결과가 나올 수 있는 것이다. 이것은 성숙되어 있는 어른들 사회에서도 막걸리와 고무신에 나라의 미래를 망쳤던 때가 있었다.

현대 정치제도의 꽃으로 민주주의 가치를 높이 평가하지만 이것은 수준 높은 식견과 미래에 대한 옳은 판단력을 가진 집단에서나 가능한 것이다. 그렇지 않을 때는 사탕발림의 위력으로 사이비에 휘둘릴 수 있는 것이다.

성경(루카복음 23.13~25)에도 빌라도가 끈질기게 잘못된 군중에 끌리어서 살인자 바라바를 놓아주고 죄 없는 예수를 십자가에 못 박는 죄를 저지른다. 이 모두 그릇된 다수의 힘에 의하여 무너지는 모습이 잘 나타나 있다. 신약의 처음부터 끝까지가 예수님이 참 하느님의 아드님이심을 역설하지만 억지 죄명을 붙여 끝내 하느님의 모독죄로 몰리어 십자가 처형을 당한다. 그리고 성경에서는 세상 종말에는 여기저기서 위선자들이 나타나는 것을 주의하여야 한다고 경고하시었다. 하기야 양의 탈을 쓴 늑대들이 오늘날에도 너무 많다. 거짓과 진실이 혼동되는 것이 옛날이나 지금이나 다를 바가 없다.

정치제도에서 민주주의를 꽃으로 보지만 헤겔의 변증법적 발전에 의하면, 정론이 나오면 그에 대한 반론이 나와서 새로운 합을 이루어 간다는 것이다. 아마 이제 사탕발림에 의하여 지배당하는 민주주의도 이제 반론에 봉착하여 새로운 합을 이룰 때가 머지않은 것 같다.

이가 썩는 것처럼 사탕발림이 아니라 차라리 몸에 이로운 "꿀 발림"이 되었으면 좋을 것 같다.

정치판에서 무엇을 해준다는 공약은 오히려 나라에 해악이 될 수 있는 것이다. 무엇을 해 준다는 재원이 어디에서 만들어지는가? 대부분 국민들의 세금으로 복지를 하는 것이다. 그렇지 않으면 생산을 늘리기 위한 공장과 인프라 축적할 것을 뒤로 미루고 나누어 소비하는데 탕진하고 마는 꼴이다. 왜 전 국민으로부터 거둔 세금을 특정지역의 특정인들을 위해서 자기 호주머니에서 개인 돈 쓰듯이 선심을 쓰는가? 그러기에 베풀려면 가난하고 어려운 사람들에게만 선별하여 베푸는 선별적 복지를 하여야 할 것이다. 잘사는 사람들에게도 무조건 퍼주는 보편적 복지가 되어서는 나라가 망하고 말 것이다. 나라의 돈이 애기들도 외치는 "똥"이 되어서는 안 된다. 구성원들의 수준이 높아질 때 이 사탕발림의 위력은 통하지 못할 것이다.

표를 쫓는 정치가들 사탕발림보다는 입에 쓴 약이라도 주어서 썩어가는 병을 고치도록 하야야 할 것이다.

영어 배우기

무엇인가 좀 해보려는 대부분의 사람들이 그러하겠지만 나의 인생에서 가장 많은 시간을 들여서 공부하였던 것은 수학이었고, 그다음으로는 영어였는데 영어 때문에 받은 스트레스가 가장 큰 것 같다.

직장을 다닐 때 틈나는 대로 영어책을 보려고 40년간을 영어책을 넣어가지고 다녔으니 말이다. 그러나 1년이 지나가도록 영어책을 한 번도 열어 보지 못하고 넣어가지고 다닌 적도 있었으니 모든 것은 마음뿐이었다. 책의 겉은 날긋날긋 하였지만 속은 깨끗하니 말이다.

혼자서 기초부터 하려고 문법책만 뒤적인 것이 10권도 넘는데 그렇다 보니 국문법보다 영문법을 더 잘 알고 있는 단계이다. 그러나 무엇이 잘못되었는지 간단한 말도 알아듣지 못하고, 말도 할 줄 모른다.

지금은 영어가 인생의 진로를 결정지으니 유치원부터 영어를 가르치기에 야단이고 사교육비를 가장 많이 쓰고 있다. 영어 실력이 대학입시를 좌우하고, 경쟁력이 높은 취업은 대부분 영어 실력에 따라 결정지어지므로 젊은이들이 올인할 수밖에 없는 상황이다. 지금은 대학 4학년 중 휴학을 하고 1년 해외 어학연수를 다녀와야 하므로 대학 5년이란 말이 있다. 영어 연수를 위하여 조기에 어린아이를 해외연수를 시키다 보니 부부가 떨어져 기러기 아빠가 되며, 영어 실력만 갖출 수 있다면 가정파탄 등 심각한 어려움에도 기꺼이 아이들을 위하여 희생하고 있는 부모가 늘고 있다. 예전에 실력이란 한자를 얼마나 잘 쓰느냐 하는 것이 실력의 척도였지만 지금은 실력의 잣대는 영어를 얼마나 하느냐가 아닐까? 그래서 전 국민이 영어에 목을 매는 것 같다.

한때는 외국에서 공부를 하였던 정권인수위원장이 중고등학교에서 전 교과를 우리말이 아닌 영어로 수업하는 것으로 계획을 세워 실행하려고 하였다가 현실과 맞지 않는다고 질타가 쏟아져 포기한 때도 있었다.

돌이켜보면 나의 영어에 대한 고충은 중 1때 잘못된 공부 방법에서 기초를 놓쳐 헤매며 싫어진 원인이었다. 영어 단어를 암기하고, 철저한 기초문법을 쌓아야 하는데 전혀 그러한 체계를 갖추지 않고 엉터리 영어 공부를 하였기 때문이었다. 단어의 철자를 전혀 암기하지 않아 글자 모양만 가지고 대충 파악하다가 대문자나 필기체로 단어가 바뀌면 무슨 글자인지 알지 못하였으니 말이다. 그리고 전치사의 쓰임새를 잘 모르고 책에 있는 순서 그대로 전치사가 배치되어 시험문제를 내었으니 그 순서만 암기하여 좋은 점수를 받았으나 허탕이고 죽은 공부였다.

더욱이 발음기호와 발음에 대한 것은 전혀 신경을 쓰지 않았기에 비슷한 발음의 단어가 전혀 구분이 되지 않아 그토록 공부하여도 총체적인 부실 공사였던 것이다.

그리고 더욱 집중하지 않았던 것은 그 당시 영어를 많이 쓰지 않았던 때이고 중학생이다 보니 영어의 필요성을 체감하지 못하였던 것이다. 이것을 배워서 어디에 쓸데가 있겠는가 하는 생각이었으니 말이다. 목적의식도 결여되어 있었다.

나에게 영어의 첫 번째 위력은 대학입시의 고배였다. 일류대학에서는 국어, 영어, 수학 중 어느 한 과목이라도 상위권에 있지 않으면 불가능한 것이다. 두 번째 위력은 대학원에 입학하기 위하여 어려움을 겪었다. 정해진 얇은 영어책이었지만 기초가 되어 있지 않은 탓에 초등학생 교과서를 암기하듯 첫 글자만 나오면 암기할 정도로 몇 번이고 반복하여 억지로 통과를 하였지만 힘들었다.

그다음의 난관은 외국과 자매결연하며, 외국을 드나들면서 영어 회화에 대한 필요성을 느끼게 되었다. 외국의 여행과 영화의 시청 등등 국제사회의 교류에서의 영어는 독해보다는 말하고 듣는 것이 더 중요해졌으므로 기존의 영어와는 전혀 다른 별개의 과목으로 느껴진다. 더욱이 이질적인 다른 문화를 녹여서 받아들인다는 것은 참으로 어려운 것 같다.

고약스런 변화무쌍한 발음과 문화의 차이 관용어, 체험하지 않은 영어, 참으로 한강의 돌 던지기이다. 영어에서는 40이 넘으면 환갑나이라는데 늙어서 영어를 하는 것은 물살이 가파른 강에서 물살을 거슬러 수영을 하는 것과 다를 바가 없는 것 같다.

며칠 전 같이 근무하던 영어 선생님을 만났는데, 지금은 영어가 아닌 진로 상담 교사를 맡고 있다고 하였다. 그 좋은 영어를 뒤로하고 왜 진로지도교사를 택하였느냐고 하니, 요즈음은 외국에서 살다가 온 학생들도 많아서 영어 발음이 조금 잘못되면, 그렇지 않다고 반론이 들어오므로 스트레스를 많이 받아서 그렇게 하였다고 하면서 영어교사들의 애환이 많다고 하였다. 또 다른 영어 출신의 교장 선생님은 미국에 가서 영어로 힘들여 이야기하였더니 듣는 사람이 "아이 가릿(I got it)"을 말끝마다 하는데 알아듣지 못하여

"What does that mean."을 입에 달고 살았다고 넋두리를 폈다. 그것도 "Pardon me!" 그냥 "Pardon"이라고만 하면 될 것을 계속 격식을 갖추어 말하였던 것이다. 함께 근무하였던 영어 교장 선생님이 외국에서 거주하는 따님과 전화통화를 하는데 다 끝나고 "씨야!"라고 말하는데 무슨 뜻이냐고 물어볼 수가 없었다고 하였다. 왜냐하면 외국대학에서 영어를 전공하였기 때문이었다. 지금에 와서 생각하여 보니 "See you again"의 머리글자를 만들어 줄여서 "씨야"라고 한 것 같다. 며칠 전 TV를 보다 보니 아프리카의 케냐의 아이들이 영어를 말하는 것을 보고, 고급스럽고, 우러러 보였다.

낙후되고 후진성의 인도가 힌디어와 더불어 영어를 쓰고 있는 탓인지 정보기술 산업의 발전을 기화로 경제의 고속성장률이 세계 2위로 달리는 것도 우연이 아닌 것 같다. 저 나라 국민들은 영어에서는 해방된 것이 아니겠는가? 영어를 배우면서 우리나라 말과 글이 세계에 으뜸이고 한글의 우수성으로 우리나라 발전의 원동력이 되었을 것이란 생각이 든다. 그러나 이러한 우수한 말과 글을 가지고 있음으로 영어

를 비롯한 다른 말들에 접근하기가 어려운 점도 더 많으리라 생각된다. 우리나라는 정교한 형용사와 부사 그리고 변화무쌍한 어미 변화 이러한 것들로 미묘한 감정까지 묘사해 낼 수 있 것만 이것을 어떻게 다른 언어로 그려 낼 수 있단 말인가? 잘못된 생각이지만 영어 배우기가 얼마나 힘든지, 요즈음은 우리나라가 일본의 식민지가 아니라 차라리 미국의 식민지로 살았더라면, 얼마나 편안하였을까 하는 망상까지 하여보기도 한다.

그러나 다행히 동영상 등 시청각 교재가 영어 교재가 많이 배포되었고 외국에 가지 않아도 우리나라에서 원어민과 대화를 듣고 나눌 수 있는 교육을 받을 수 있어서 그 어려움을 많이 좁혀 갈 수 있는 환경이 되었다.

영어 공부에 하도 힘들고 답답하여 어떻게 하면 영어를 잘 할 수 있느냐고 영어 선생님께 질문하니 "영어교재를 통째로 모두 암기하고, 그 암기한 것을 보지 않고 그대로 쓰는 것처럼 좋은 공부는 없다."고 하였다. 무지막스러운, 우직한 방법이지만 실효성이 있는 설득력이 가장 강한 방법이라고 공감이 간다. "쇠뭉치를 갈아 바늘로 쓰고, 바닷가 모래성에 뿌려진 참깨 알을 핀셋으로 한 알 한 알 바구니에 담는 마음으로 영어를 암기하라!" 영어 공부에 명언인 것 같다.

수학 산책

초등학교 수학에서는 일상생활의 측정과 계산에 사용할 간단한 숫자들의 셈을 배우는 것이다. 중, 고등학교의 수학에서는 학문의 체계를 갖추기 위해서 일반 원리로 문자를 도입하고 정리를 중심으로 한 논증을 통하여 새로운 정리를 이끌어낸다. 이들 지식은 타 학문의 밑받침이 될 것이다.

물리가 자연현상을 나타낸 것이라면 수학은 처음 출발이 인간의 머릿속에 관념상의 존재하는 것으로 출발한다. 1이란 숫자가 큰 별 1개도 1이 될 수 있고, 박테리아처럼 눈에 보이지 않는 것도 1마리가 1이 될 수 있는 것이다. 자연에는 물(水)이 많이 있지만 증류수가 모든 불순물을 제거하고 순수한 물 분자만 있듯이 1은 단위를 제거한 순수한 관념상의 숫자인 것이다. 그러기에 마음먹기에 따라 완전한 전체를 1이라 생각할 수도 있는 것이다. 눈앞에 나타나는 현상만을 생각하는 우리는 관념상의 숫자 1이라는 크기가 시시각각으로 다르니 혼동이 올 수 있는 것이다. 그래프의 1cm의 눈금의 크기는 딱 하나이지만 그래프에서 눈금 1이라는 것은 여러 가지로 달리 나타날 수 있는 것이다.

교사로 있을 때는 식을 세워서 방정식을 풀고, 시험문제를 푸는 것으로 머릿속에는 주로 계산 과정과 문제 풀이로 가득 차 있었다. 지금은 무한의 의미가 우리의 삶과 어떤 의미가 있는가?, 미분, 적분은 또 어떠한 의미를 갖는가? 머릿속에서 만들어 낸 수학은 자연현상이 시간 공간적으로 제약을 받지 않기에 무한한 우주까지 연결시켜 갈 수 있을 것이다.

수학에서 아무런 의문 없이 사용하였던 점(•)은 이전부터 '위치는 있지만, 부분이 없는 것' 등으로 점을 정의해 왔는데 근대에 들어와서 직선 · 평면과 함께 무정의 술어로서 공리(公理)에 따라 규정하고 있다. 면적도 크기도 없이 단지 위치만을 나타낸다는 점들이 무수히 모여서 직선이란 끝없는 길이를 형성하고, 면적이 없는 직선들이 무수히 모여 무한한 넓이의 평면을 만들고, 면만 있는 평면들이 무수히 모여 무한한 공간을 이룬다. 잘 납득이 되지 않은 부분이었음에도 교사 시절 그냥 지나쳤던 것이다.

요즈음 확정된 0과 무한소(無限小) 0이 떠오른다. 여기서 편의상 확정된 0을 "꼭0"이라 가정하고, 무한소 0을 "0"이라 가정하면, 점의 길이는 꼭 0이 아니라 0에 해당된다. 이 점을 무한 n배 하였을 때, 그 직선의 길이가 무한대로 되는 것은 =(를 포함한 부정)과 같은 것이다.

직선도 그 면적이 S→0 인 것이 무한대 배가 되어서 평면의 면적을 형성한다고 생각이 된다.

무기물에서 유기물로 또 유기물에서 생명체로 넘어가는 그 과도기적 과정이 꼭 0에서 0의 과정을 거치는 것이 숫자도 아닌0이 있는 것과 연관이 있다고 생각되며, 이 무한소를 무한 배를 하였을 때 (부정이지만 실수가 될 수 있음) 실수가 되는 것을 생각할 수 있다. 사고를 확장하여 보면 아인슈타인의 상대성원리인 E= 에너지와 질량의 상호교류가 가능한 것이 아닌가 생각해 본다.

(확정된 0×∞=0, 무한소±0×∞=부정으로 상황에 따라 여러 가지로 정하여짐. 0만 되는 것은 아님)

우주의 출발이 한 점에서 대폭발 빅뱅에 의하여 무한대로 지금도 팽창하여 가고 있지만 어느 시점에서 줄어들 가능성도 있다고 한다. 계속 팽창하여 가지 않으면 유한 것이며, 유한한 것은 무한과 비교하면 없는 것과 마찬가지이다. 0과 1 사이에는 수가 몇 개나 있는가? 실수의 범위에서는 무한히 많다. 그러므로 0과 100 사이도 마찬가지일 것이다. 그러므로 실수의 범위에서 수의 개수로 보면 100이내의 실수가 1이내의 실수보다 숫자가 결코 많다고 할 수 없을 것이다. 수의 법칙과 질서 정연하던 수의 세계가 무한대만 도입되면, 교란이 일어나며, 이 질서가 깨지고 만다.

이 과정이 점→직선→평면→공간이 만들어지는 것과 같이 생각한다면 (적분에 의하면 면적과 길이가 없는 점들의 모임이 곡선의 길이가 되고, 면적이 없는 선분들이 모여서 평면도형의 면적을 이루고, 평면도형이 모여서 입체의 부피를 가지게 된다. 또 미분은 이것을 역으로 돌리어 해체하는 과정을 겪으니 우주가 팽창을 거듭하다가 역과정을 다시 밟는다면 미분의 과정을 거치게 되는 것이 아니겠는가?)

1980년대 IQ 210으로 세계 최고자로 기네스북에 오른 천재 김웅용이 6살 때에 일본 후지TV 앞에서 미적분을 풀었다. 미적분을 배운 후 "악은 미분하여 없애고, 선은 적분하여 아름다운 세상을 만들어야 한다."라고 하였다.

사람은 육신과 영혼이 결합되어 생명체가 되었다. 죽음은 그의 역과정이다. 즉 육신과 영혼이 분리되는 과정으로 육신은 흙으로 돌아가지만, 영혼은 영원히 남아있을 것이다. (아인슈타인의 특수상대성이론 이후로 "질량 불변의 법칙은 질량에서 에너지가 빠져 나감으로서 등식이 성립되지 않는다,"고 한다. 그러므로 질량-에너지 불변의 법칙으로 하여야 변함이 없다고 한다. 우리 인간도 죽어도 영혼 육신은 어디로 흩어져 새로운 형성을 하여도 그 전체는 변함이 없을 것이다.) 자연의 사이클은 과정이 반복되어 전체는 남아있으므로 지금도 빅뱅 때의 별빛을 찾고 있지 않은가?

계산만을 한다면 산수로서도 해결될 수 있을 것이다. 더욱이 계산기가 복잡한 계산을 대신하는 시대에 무엇하려고 복잡한 수학을 하느냐고 말할 수도 있다. 그러나 논리적인 체계를 갖추어 발전해 나가려면 수학적 정리가 뒷받침되어야 한다. 더 나아가서 철학, 논리학, 예술의 아름다움까지 수의 신비함에서 보물찾기가 될 수 있다.(자연의 환경을 배제한 체 증류수처럼 신의 그림자를 찾아 볼 수 있는 것이 수학이라고 생각한다.

수학이 과학의 언어일 뿐만 아니라, 경제학과 예술, 철학 등, 사물의 원리와 개념을 바탕으로 하는 모든 학문에 기둥이 될 것이다. 신의 모습을 닮은 인간에게 허용된 정교한 놀이로 시간에 비례하여 탑을 쌓아 감으로써 폐쇄된 작은 공간에서 우주의 근원을 더듬어 볼 수 있으며 인간의 참삶까지도 예시 받을 수 있을 것이다.

수학이 어렵고 재미없는 이유

교과 흥미도 조사를 하면 학생들은 수학이 가장 재미없고 어렵다고들 한다. 어려우면 재미가 없어지니 그 어려운 이유를 생각해 본다.

수학은 수준의 단계를 가장 철저히 이루는 학문이다. 덧셈을 알아야 곱셈이 가능하며, 또 곱셈을 잘 알아야 나눗셈이 가능한 것이다. 분수의 사칙연산은 정수의 사칙연산이 자유로울 때 가능한 것이다. 앞의 학습에 공백이 생기어 알지 못하면 앞으로 진행하여 나갈 수 없는 것이다. 연속극을 보는데 앞의 횟수를 여러 번 거르고 오늘 연속극을 보면, 이해가 될 것인가? 중간에 보는 연속극을 조금이라고 재미있게 보려면, 간단히라도 앞의 내용을 압축하여 줄거리만이라도 알고 보아야 납득이 갈 것이다. 수학이라는 과목은 이런 단계학습의 연속성이 가장 강한 과목이다.

초등학교에서 중학교, 고등학교를 거치면서 어느 한 학년이라도 공백이 생기면, 그다음이 이해가 안 되는 것이다. 장구한 시간 동안 공백이 생기지 않기란 어려운 것이다. (해외에 갔다 오거나, 이사를 하거나, 병결로 장기간 결석한 경우는 학습에 공백이 생기어 누락된 부분을 반드시 보충을 해 주어야 한다.)

초등학교에서 첫 번째로 부딪치는 가장 어려운 부분이 분수의 덧셈, 뺄셈이라고 하는데 이것이 사칙연산을 잘 알아야 되고, 최소공배수, 최대공약수의 개념을 잘 알아야 공통분모를 만들어 덧셈, 뺄셈이 가능해지기 때문이다. 그러므로 수학을 모를 때는 지나간 공백이 생긴 부분을 시간이 걸리더라도 되돌아가서 터득하여야 한다.

그렇기에 수학의 단원은 이해하는 것으로 그치는 것이 아니라 이해한 후 다양한 사례를 통하여 연습으로 익혀서 나의 것으로 확실하게 만들어 활용되어야 한다.

두 번째로 어려운 이유는 수학의 추상성에 있다. 연필 1개는 한 자루라는 실체가 있지만 그냥 1이라고 하면, 이것의 크기를 알 수 없는 것이다. 사과 1개를 쪼개어 10개를 만들어 그 쪼갠 1개도 1이라고 할 수 있다. 숫자가 관념상의 숫자이기에 1을 정할 탓이므로 어린이들에게 아리송해지는 것이다. 그래프의 눈금을 잡을 때 2cm를 1이라고 잡을 수도 있고, 2m의 크기를 1이라고도 약속을 하여 사용할 수 있기에 헷갈리게 되는 것이다. 그렇기에 수학은 모든 것이 정의(약속=계약)에서 시작이 된다. 정의되지 않은 문자는 서로가 알 수 없으므로 사용할 수 없고, 앞으로 나아갈 수가 없는 것이다. 서로 인사도 나누지 않았는데 "그 사람 지금 어디 있느냐고?" 한다면 대화가 되겠는가? 수학의 사용되는 모든 기호가 이처럼 약속하므로 그냥 따라야 된다. 그러니 처음 이 개념을 놓치면 계속해서 이해할 수 없는 것이다.

세 번째는 이들 문제를 실생활과 연관되게 응용을 하여 그 쓰임새를 알아야 필요성을 인지하고 머리에 쏙쏙 들어올 텐데 고등수학으로 올라갈수록 그 내용을 응용문제와 연관지울 수 있는 것이 별로 없이 기계적인 문제만을 풀다 보니 수학이 재미없어지고 필요성을 느끼지 못하게 되는 것이다. 도대체 "이것을 배워서 어디에 써먹는단 말인가?"라는 의문이 제기된다. 고등수학은 과학의 언어로서 과학을 설명하는데 수학을 도구로 사용하여야 하고 경제나 그 밖에 많은 학문에 이용되고 있는 것이다. 초등학교에서의 수학은 실생활에 많은 부분 그 내용을 활용하기에 잊히지 않고 필요성을 느끼기에 재미도 느끼는 것이다.

수학은 논리적인 과목으로 처음 정의와, 정리만 기초가 확립되어 있으면, 가장 재미있고, 오래도록 기억될 수 있는 과목이다. 학교를 떠난지 오래 되었지만 부모님들이 자녀들에게 자신 있게 가르쳐 줄 수 있는 교과가 4칙 연산의 수학일 것이다.

수학 공부 잘 하는 방법

학생들로부터 수학 문제 못지않게 어떻게 하면 수학을 잘할 수 있느냐는 질문을 받는다. 수학에 왕도가 따로 있는 것은 아니지만 교단의 경험을 통하여 나만의 비법이라기보다는 보편적인 방법을 여기 소개하고자 한다.

첫째, 원리(이치)를 잘 이해해야 한다. "왜"라는 질문을 던지며 근본을 이해하여야 한다. 원리를 알면 파생된 수많은 어떠한 문제가 주어지더라도 해결할 수 있지만 원리가 이해 안 되면 응용된 유사한 문제를 풀 수 없기 때문이다. 많은 사람은 수학을 문제를 푸는 것이 전부인 것으로 생각하는 사람들이 많은 것 같다.

초등학교에서 기본 가감승제(+-×÷)만 똑바로 안다면, 아무리 응용문제를 낸다 하더라도 모두 근본은 이들 연산에 들어가는 것이다. 이들 기본은 어디서 배우는 것인가? 학교에서 천천히 오랜 시간과 연습을 드려서 터득되는 것이다. 만약 2123 ÷97을 배운다면 얼마나 많은 시행착오를 거듭하면서 유사문제를 풀었던가? 학원에서는 학교에서처럼 진도를 나가지 않으면서 많은 시간을 한 가지 기본문제를 가지고 오랜 시간을 할애할 수 없을 것이다. 그러므로 학원은 아는 사람은 안 들어도 알고, 모르는 사람은 들어도 모르는 것이다. 즉 기본원리는 학교에서 쌓고 숙달이나 연습은 자기 자신이 하여야 할 몫이 아닐까?

수업시간은 대부분 "왜냐하면"에 해당되는 공식유도와 기본 이치를 설명하느라 대부분의 시간이 투입된다. 수업시간에 잘 듣지 않고 문제만 푸는 기능만 익힌다면 응용을 하거나 조금 변형하여 기본 이치를 물으면 잘 모르고 어렵다고 한다. 그러기에 병으로 또는 어떤 일로 학교를 장기간 빠지게 되었을 때 수학은 수업 결손에 대한 것을 반드시 보충해야 한다. 앞엣것을 모르면 그다음 것을 아무리 잘 들어도 이해할 수 없고 따라서 어렵게 느껴질 뿐이다.

둘째, 많은 연습을 해야한다.

한글과 나눗셈이 쉬운 것 같지만 우리는 초등학교 때 많은 시험을 보면서 나머지 공부를 하고 유사한 문제를 수없이 많이 풀면서 확실히 실력을 다졌던 것이다. 자동차 운전도 수없이 많은 연습을 통하여 원숙한 단계에 들어서는 것이다. 초, 중학교까지의 수학은 어떤 면에서 이들 운전연습처럼 수 없는 반복을 통하여 기능을 보강하는 수준과 다를 바가 없다. 이렇게 많은 연습을 해 보았는가? 안 되는 것은 내 것으로 만들 만큼 많은 연습을 하지 않았기 때문이다. 안 되는 사람들은 이렇게 많은 연습을 하고도 안 될 때 안 된다고 하여야 할 것이다. 두뇌의 차이는 대부분은 조금 빠르고 늦고 차이뿐이지 노력을 하면 언젠가는 다 이루어지는 것이다.

셋째, 수학의 기초를 확립한다.

수학 문제의 구조는 대부분 조건에 따른 식(대부분 방정식)을 세우고 그것을 푸는 과정이다. 수학이 잘 안 풀리는 문제는 식을 세울 때 미지수를 잘 선정하고 단원 내용에 따라 조건을 하나도 빠뜨림 없이 잡아서 식을 세우는 것이다. 학생들은 이 방정식(대부분 연립방정식)을 잘 풀지 못한다. 그러므로 방정식을 푸는 것은 글을 쓰는 언어와도 같은 것이다. 방정식이 안 되면 아무리 그 단원의 특수성을 배워도 완성이 되지 못하는 것이다.

수학은 약속(공리)에서 시작된다. 암호는 서로간의 약속을 정하였기에 이 암호를 숙지하지 않으면 한 발자국도 나아갈 수 없으며 대화가 되지 않는다. 수학은 오랜 학교생활 기간 한 단원이라도 공백이 생기면 다음 단계를 이해하지 못하며 이 악순환이 반복되는 것이다. 중간에 잘하려고 하여도 안 되고 다시 그 미진한 과정을 (독습을)거쳐서 통과하지 않으면 해결되지 않으므로 그다음 것이 이해되지 않고 어렵게 여겨지는 것이다. 이 공리에서 논리적 추론을 거쳐서 새로운 정리가 돌출되는 것이다.

그 나머지 최고의 경지에 도달하는 것은 땀으로 되지 않는다. 어느 누구는 같은 영화를 보고 금방 이해가 되어 깔깔 웃는데, 어느 사람은 설명을 붙여도 반응이 한참 후에야 미소를 짓는 것은 어쩔 수 없는 것 아니겠는가?

What's your hobby?

처음 보는 사람을 만나면 그 사람을 파악하기 위해 물어보는 것 중 "취미가 뭐예요?"라고 질문 하거나 너무 직설적인 같으면, "여가 시간에 뭘 하기를 좋아하시는가요?"라는 질문을 자주 하고 받기도 한다.

예전 사람들은 먹고살기 바쁜 때라 생업 말고 딱히 다른 것을 즐길 여유시간과 다른 것을 할 돈이 없었다. 따라서 대부분이 "독서"라고 적었다. 그래서 "독서"라는 것은 나는 별다른 취미가 "없습니다."라는 뜻으로 받아들이기도 하였다. 독서는 의당 누구나 책을 읽어야 되는 것이니 그것은 빼고 다른 것을 묻는 것이었다.

지금 나의 어린 시절을 뒤돌아보니, 그 당시는 그토록 과외나 학원이 극성을 불릴 때가 아니었기에 학교 정규 수업만 마치고 나면 집에 와서 동네 친구들과 모여 노는 재미로 하루가 기대되었다. 어느 때는 노는 것에 취해서 저녁 먹으라는 소리를 한두 번은 귓전으로 흘리고 어둑어둑 할 때까지 놀다가 늦게 들어가니 밥이 없어서 밥을 굶은 적도 있었다.

비석 까기, 제기차기, 칼싸움, 땅따먹기, 말뚝 박기, 술래잡기, 공기놀이, 구슬놀이, 팽이치기, 썰매타기, 딱지치기, 자치기, 축구 놀이 연날리기 등등 계절별로 돈 안 들고, 운동신경이 발달되는 땀을 흘리는 좋은 집단 놀이가 많았다고 생각된다. 이러한 놀이에 의하여 우리나라 국민들이 손재간이 발달되어 기능대회에서 세계 최고의 기술을 발휘하는 원동력이 되고 몸을 재빠르게 운동을 통한 것이 세계 스포츠 강국으로 우뚝 솟게 만드는 데 일조하였다고 생각된다.

예전에는 밥 먹고 살기 힘든 때라 지도비는 고사하고, 재료비라도 조금 들어가는 것은 구입할 수가 없어 배울 수 없었다. 그래서 그림을 그리거나, 피아노를 치거나. 스케이트를 타고, 자전거를 타고, 각종 악기를 다루는 것도 허용이 안 되었다. 바둑조차도 접할 수 없었다. 그마나 돈이 안 들어가고 머리를 쓰는 것으로 나의 호감을 끄는 것은 장기였다. 장기는 널판 데기와 장기 나무로 된 장기짝(32개)만 있으면, 밤새도록 즐길 수 있는 것이었기 때문이었다. 이것조차도 판데기는 널빤지를 주워 다가 못질을 하고 직접 줄을 그어 만들어 울퉁불퉁한 것이었다. 장기짝도 오래 사용하다 보니 졸개가 모자라 곽종이를 오려 그 위에 글씨를 써서 사용하였다. 장기도 오래 사용하니 쪽들의 글씨 쓴 골이 마모되어 다 지워지니 깨끗이 씻어서 다시 그 위에 글씨를 써서 사용하였다.

장기의 처음은 가는 길만 간신히 알았으나 수십 번, 아니 수백 번을 되풀이하다 보니 잠자리에서 천장이 장기판으로 보이며, 골똘히 생각하다가 꿈결에도 손이 불쑥 나가며 "장이야!"를 외치기도 하였다. 형과 경쟁이 되어 장기 시합을 하다 보면, 시험을 앞두고도 밤을 꼴딱 새우면서 장기를 두었다. 어느 때는 일수불퇴(一手不退)로 옥신각신 큰 소리가 나오다 보면 주무시던 부모님의 잠을 깨워 야단을 맞은 적도 여러 번 있었다. 그래서 한밤중에 장기를 둘 때는 "장이야!"를 부르지 않고 장기짝을 놓을 때 당당하게 딱소리가 나지 않게 놓기로 약속을 하고 둔다. 그러나 차를 잡아 승기를 잡을 때는 그 기분을 억제하지 못하고 딱소리가 나도록 번개와 같은 번쩍임으로 상대의 차(車)를 내려치거나, 외통일 때는 궁(宮)을 내려치면서 "장이야!"를 소리 지르게 된다. 이때의 실력연마로 주위에 상대가 없을 정도로 장기의 실력이 월등히 향상되었다.

고성고등학교에 첫 부임한 학교의 교감 선생님이 바둑 아마추어 3단으로 바둑을 낙으로 사는 분이 계시었다. 같은 집에 하숙하였었는데 나는 그분께 장기를 가르쳐 드리고 그분은 나에게 바둑을 가르쳐 주기로 하였다. 그 교감 선생님은 바둑 초보자인 나에게 바둑책을 건네며, 이 책을 매일 한 단원씩 익힌 후 지도를 받으면, 6개월 후 3급을 만들어주겠다고 하였다. 그래서 처음은 밤마다 조금 연습을 하였다. 그러나 이것을 더 이상 지속 할 수 없었다. 학교의 야간 감독까지 하다가 파김치가 되어 돌아와서 이것을 한가로이 만질 시간이 안 되고 머리가 몹시 피곤하여 더 이상 무엇을 생각하고 싶지 않았다. 그리고 취미라는 것은 여가 선용으로 즐겁게 피로를 풀기 위해서 하야야 하는데, 이것을 시험공부 하듯이 또다시 암기하면서 또 다른 스트레스를 받는 것을 하고 싶지 않았다.

그 당시 나에게 병약했던 것 중 하나가 장기가 원인이었다고 생각한다. 몇 시간을 허리를 꾸부려 바닥에 쭈그리고 앉아서 고도의 머리를 쓴다는 것은 건강에 상당히 나쁠 것이 틀림없다. 그래서 퇴임 후 정식으로 인터넷 장기에 도전하여 타이틀을 따 볼가 생각도 하였지만 이것은 건강에 큰 장애가 될 것 같아 포기하였다. 사실 장기를 둔 그날 밤은 달아오른 상기된 열기가 가라앉지 않아 서너 시간이 지나지 않고서는 잠이 오지 않기 때문이다. 나의 가장 능력이 있는 자신 있는 것이 장기이지만 그러나 나는 이 장기를 멀리할 수밖에 없는 것이 되었다. 학창시절에 이것을 끊었더라면, 지금보다 나은 삶을 살았을 텐데… 하는 생각을 하여 본다.

학생 때 여러가지 하고 싶은 것들이 많았지만 기구를 구입할 돈이 없어서 못 하던 것들을 취업하고 나서는 내 하고 싶은 것을 하려고 처음 스케이트를 구입하여 혼자서 연습을 하였다. 겨울이 되면 논이나 저수지가 간이 스케이트장으로 쓰인 곳이 있다. 일과를 마치고 어슴푸레 한 달빛 아래서 스케이트를 몇십 바퀴를 돌고 집으로 왔다. 그러나 복숭아뼈 쪽의 꺼풀이 벗겨지도록 스케이트 연습을 하였건만 잘 늘지를 않는다. 아마 정식 지도도 받지 않고 달밤에 무작정 혼자 연습을 하면서 나이 30이 되니 운동신경도 둔화되고 겁도 많아 넘어지지 않으려고 코너링과 발 떼기가 두려워 신속히 늘지를 않았다. 모든 것이 다 때가 있는 것이다. 그때를 놓치면 노력을 하여도 향상 속도가 더딘 것이다. 이때쯤 가지고 싶었던 삼천리 자전거를 한 대 사서 자전거를 익히기로 하였다. 자전거를 넓은 운동장에서는 조금 가기는 하였지만 길거리는 위험하여 나설 실력은 안 되었던 것이다. 아침 시간과 주말 시간을 이용하여 이리저리 생각하며 농촌의 둑을 연습장으로 삼아 질주하였다. 그러나 운동신경이 둔한 나는 선뜻 길거리로 나갈 엄두가 나지를 않았다. 어린아이들도 잘 타는 자전거를 이토록 연습하고도 안 된단 말인가? 내 자신이 처량해지기까지 하였다. 그러나 요 고비를 넘으면 되겠지 하면서 넘어지기까지 하면서 드디어 정복을 하였다. 달리면서 올라타기, 두 손 놓고 타기 등등이 되었다. 비오는 날 한 손으로 우산을 들고, 학생들 틈새를 피해서 출퇴근을 할 정도로 능력을 쌓았으니 지금 생각하여 보면 어떤 것을 배운다는 것은 기능의 문제이므로 수없이 반복하면 다 터득이 되는 것이다. 다만 그 시간이 많이 걸리고 또는 빨리 터득하는 차이는 있을는지 모르지만 누구나 하면 다 반드시 이루어진다고 자신 있게 말할 수 있다. 높은 수준까지 가느냐, 또는 낮은 단계에서 멈추고 마느냐 하는 것은 능력의 문제라 할 수 있겠지만 하느냐 못하느냐 하는 것은 의지로 결국 시간을 많이 투입하면 모두가 반드시 이루어진다고 확신을 한다. 그것은 공부 또한 마찬가지일 것이다.

노년의 삶은 건강이 중요하니, 이제는 스트레스받지 않고 오래도록 할 수 있는 새로운 운동을 개발하여야겠다.

고장 난 수도꼭지

요즈음 사회가 민주화가 되다 보니, 소속 유관기관들의 의견을 들어서 계획을 세우고, 진행하는 경우가 많아졌다. 그리고 무엇을 결정할 때도 주관처의 일방적인 결정이 아니라 각종 위원회를 두어서 구성원들의 다양한 의견을 듣는 기회가 많아졌다. 주민들의 첨예한 이해관계가 걸려 있는 것은 기관에서 잘못 결정하면 단번에 항의와 거부 반응이 나타나는 것이 두려워 책임을 지지 않고 전가하려는 의도도 있다고 볼 수 있다. 또는 다양한 다수의 의견을 들어서 결정하였으니 나에게 이의를 제기하지 말라는 뜻일 수도 있다. 어떤 날은 일한 것이 아침부터 회의 몇 개 다녀온 것이 전부인 경우도 있다. 무엇이 결정되었는지 찝찝한 경우가 많이 있다. 이것만은 꼭 이야기 하였어야 하는데 목청 큰 사람들의 독차지로 제대로 말도 못 하고 왔을 때는 그 불쾌한 마음이 오래도록 가시지 않는 경우가 종종 있다. 그리고 다시는 이러한 곳에 가지 말아야 하겠다는 다짐을 해 본다.

많은 시간을 들여서 회의에 참석하려고 멀리까지 왔건만 뒷맛은 개운치 않은 경우가 많다. 왜냐하면, 그런 회의에 익숙하지 못하거나, 사회자의 운영 부족으로 고장 난 수도꼭지가 많기 때문이다.

고장 난 수도꼭지란 잠기어도 물이 멈추지 않고 계속 나오거나(한 사람만 독단적으로 자기주장과 사적인 이야기를 하는 경우). 물이 나오는 쪽으로 틀어도 물이 전혀 나오지 않아서(별 말이 없는 사람에게 말하도록 기회를 주어도 말을 하지 않는 경우) 꼭지를 잡은 사람이(사회자가) 할 일이 없어진 경우를 말한다.

회의가 다양한 구성원의 의견을 반영하여야 함에도 목소리 큰 사람이 자기 쪽만의 주관적인 이야기를 처음부터 끝까지 늘어놓으며, 다른 의견이 나오면, 방어하거나, 설득하려고, 혼자서 모든 시간을 소모하고 마는 경우가 있다. 간혹 의제와 무관한 정치 이야기를 하거나, 개인의 집안 이야기나, 남의 좋지 않은 이야기를 한다면, 이것은 아주 잘못된 것으로 사회자가 화제를 다른 것으로 돌려 바로 잡아주어야 할 것이다. 주제와는 거리가 먼 무관한 다른 이야기를 한참 늘어놓는다면 그 사람의 잡담을 들으려고, 그리고 그 속에 어울려 잡담이나 하다가 오는 경우가 종종 있었다. 참으로 지루하고 인내의 한계를 느끼는 경우도 있었다. 사회자는 교통정리를 하여 주제가 삼천포로 빠지지 않도록 방향을 잘 이끌어 가야 성공적인 회의가 될 것이다. (선거토론회의에서 사회자가 교통정리를 제대로 하지 않는다면, 이 토론회는 엉망이 되고 억지 쓰는 사람에게만 유리하게 되고 말 것이다.)

반면 소심하여 자기의 의견을 전혀 피력하지 않다가 다 끝나고 난 뒤에서 이건 그것이 아닌데, 잘못 결정되었다며 혼자서 구시렁거리며,

불만을 쏟아붓는 경우이다. 이것은 구성원의 자질 문제이기도 하지만, 사회자가 약간씩 분위기를 조절하지 않기 때문이다. 개인적인 말을 너무 장황하게 늘어놓거나 혼자서 독식을 할 때는 가볍게 말을 멈추게 하면서 자연스럽게 바통을 다른 쪽으로 넘어가도록 조정하여야 한다. 그리고 전혀 말을 하지 않은 사람이 있다면, 말을 할 수 있는 기회를 여러 번 골고루 주어야 할 것이다. 말을 전여 하지 않는다면 나와 있는 선택의 사항을 건드려 객관식이라도 어느 쪽을 선호하는지 유도 질문을 하여 물꼬를 터야 할 것이다.

위원회가 아닌 각종 모임에서도 대화는 항상 구성원들의 공통 관심사가 되어야 한다. 그리고 사람을 말할 때도 참여한 모든 사람과 연관이 있고 익히 아는 사람을 말하여야 할 것이다. 자기만이 즐기는 골프 이야기를 한다거나, 남들이 별 관심이 없는 자기 집의 시어머니와 남편에 대한 고충을 하소연하거나, 자식 자랑을 하거나, 사적인 이야기를 늘어놓는다거나, 혼자만의 관심이 되는 주제를 올려 고장 난 수도꼭지가 되어서는 안 될 것이다.

제3부

좋은 사회

한국 나이

엘리베이터 안에서 마주친 애기가 하도 귀여워 "애기가 몇 살이에요?"하고 애기 엄마한테 물으니, 머뭇거리다가 "17개월 되었어요."한다. 한국 나이로 하면 세 살이 되어야 하나 너무 많은 나이에 아직 행동이 미흡하니 축소 의도로 개월로 말한 것 같다. 산책하다가 지쳐서 벤치에 앉아 쉬시는 할아버지께 "올해 춘추가 어떻게 되셨어요?"하고 여쭈니 "세월이 하도 빨리 지나가니 나이 먹는 것도 잘 모르겠군, 금년 여든하나인 것 같아."하신다. 금년이란 용어를 쓰시고, 연세 드신 분들은 한국 나이에 젖어 살아오셨으니 당연히 한국 나이로 말씀하셨을 것이다.

결혼 적령기에 임박한 노처녀들은 이십 대와 삼십 대는 어감이 다르므로 나이를 줄이기 위하여 만나이를 씀으로써 31세를 29세로 낮추어 말한다. 살아오면서 만나이와 한국 나이를 널뛰기 한 젊은이들은 이도 저도 아닌 연나이(현재연도—출생연도)로 국적 없는 어중중한 나이로 얼버무리고 만다. 우리는 나이에 관해서는 평생을 엉거주춤 살아왔다고 생각된다. 이제는 바로 잡을 때가 된 것 같다.

이런 불합리함은 고집 센 국민과 역대 정부들의 안일과 무능으로 국민의 삶과 직결되는 이런 것 하나 제대로 잡아 놓지 못하고 있으니 선진국 문턱에 들어가기는 아직도 요원(遙遠)한 것 같다.

어느 것이 합리적인지 다 함께 생각해 보자. 한국 나이는 태어나면서 1살을 먹고, 매년 1월1일이 되면, 누구나 한 살을 더 먹는 것이다. 그래서 극단적으로 2017년 12월 31일 23시 59초에 태어난 아이는 1초가 지나서 2018년 1월 1일이 되었으므로 바로 두 살이 되는 것이다. 만나이로는 0살이고 출생 후 1년이 되는 2018년 12월 31일 지나야 만 1살이 되는 것이다. 즉 만나이는 생일이 지나 간 햇수가 나이가 되는 것이다. 그러므로 한국 나이에서 생일이 지나가지 않았을 경우에 만나이 보다 2살이 많고, 생일이 지나갔으면, 한 살이 더 많은 것이다. 우리나라 사람들은 자기 나이를 상황의 유불리를 따져 그때그때 위아래를 오르내리며 이렇게 오랜 기간 1~2살이 유동적인 것을 안고 살아오다 보니 자기의 참 나이를 혼동할 때가 많은 것 같다. 이를 바로 잡기 위하여 1962년 정부에서 민법상 한국의 공식적 나이는 만나이=(국제 표준나이) 라고 발표를 하였지만 대중 매체와 완강한 국민들은 변함없이 한국 나이(=후진국 나이=엉터리 나이 = 불합리한 나이)를 써오고 있는 것이다. 이것이 음력과 함께 사용하면 더욱 아리송해지는 것이다. 중국, 일본을 비롯한 동양권에서 처음에는 한국과 같은 나이를 사용하였으나 불합리성을 알고 지금 거의 모든 나라들이 만나이로 바뀌었다.

우리나라는 공공기관이나, 행정적인 곳에서는 만나이를 쓰다가 일상 생활로 들어서면 한국 나이를 사용하고 있다. 60갑자가 되어야 환갑이 되는 환갑만은 만 60세로 하고 나머지 70, 80세 축하는 모두 한국 나이로 하는 이중성을 가지고 있다.

교육수준이 높은 우리나라에서 왜 만나이 사용이 더딜까? 그것은 사회문화와 국민성의 영향이 큰 것 같다. 우리나라는 나이의 서열이 명확한 나라이다. 이것을 중요시 여긴다. 상대의 나이를 묻는 것은 실례임을 무릅쓰고, 기어이 질문을 던져 선후배를 따져서 조금이라도 나이가 적으면, 하대조로 말투가 달라진다. 그리고 조직에서 궂은일을 연소자에게 맡기게 된다. 나이어린 것은 죄인 乙이요, 연장자는 권력을 쥔 甲인 것이다. 조금이라도 상대가 나이에 거품이 들어갈 것 같은 미심적은 데가 있으면 남자들의 세계에서는 국민 공통으로 겪으며, 동연대에 이루어지는 고등학교 졸업년도와 군대의 밥그릇 수까지 따져가며 복무시기로 확인을 한다. 영어권에서 호칭을 you만으로 해결할 것을 형님, 동생으로 말하려니 밝혀야 하는 것 같다. 영어에서는 brother, sister면 될 것을 elder나 younger를 붙여야 직성이 풀린다. 몇 분 차이로 태어난 쌍둥이에도 형님(언니)과 동생을 철저히 따져서 붙여야 된다. 이런 상황이므로 만나이를 사용하게 되면, 선배인 경우에도 후배 대우를 받는 곤욕을 치르게 되는 것이다.

우리나라 말은 존댓말이 발달 되어 있다. 나이를 알아야 말을 골라서 써야 하는데 그래서 나이로 서열을 떠져야 대화가 시작될 수 있는 것이다. 존댓말을 들으려면 한국 나이를 써야 했을 것이다. 그래서 처음 만난 남자들에서는 대부분 나이 족보 캐기에 들어가는 경우가 많다. 애기에게도 존댓말을 쓴다고 생각하고 모두가 듣기 좋아하는 공손한 말을 쓰는 것이 좋지 않을까?

옛날에는 살기가 힘들어 세월이 많이 빨리 지나가기를 바랐을 것이고 평균 수명이 짧을 때 너무 젊은 나이에 사망하는 것이 창피하니 한국 나이로 나이를 몇 살이라도 더 늘리고 싶은 심정도 있었을 것이다.

한국 나이를 지지하는 궤변론자는 "태어나자마자 1살은, 수태하여 출산 전까지 10개월의 세월이 지났으니 태어나면서 1세가 되는 것이 당연한 것이 아니냐?"는 것이다. 그러면 수태된 날을 생일로 하여야 할 것이며, 10개월도 1년이 아니지만 7삭동이 8삭동이 있고, 태어나기 전에는 인간이 아니지 않는가? 설득력이 떨어진다. 한국 나이는 우리나라의 전통적으로 내려오는 고유한 문화의 가치가 있는 것이 아니냐? 할는지 모르지만, 한국 나이는 중국으로부터 시작된 것으로 고유한 우리의 것도 아닌 것이며, 가치까지 운운할 것이 못 된다고 생각한다.

아마도 교육수준이 높은 우리 국민이 이러한 것은 모두 공감을 하고 있을 것이다. 그러나 이런 것이 개선되지 않는 것은 국민 모두가 한국 나이를 쓰고 있는데 나만 만나이를 쓰고 있으면 통용이 안 되며, 오류가 생긴다. 그러므로 문화라는 것은 참으로 거대하고 고치기가 어려운 것이다. 이런 불합리한 것을 제도적으로 개선할 수 있는 힘을 가지고 있는 것이 정부이다. 후진성의 나이 문화를 개선하려면, 정부의 적극적인 노력으로 홍보와 계도를 하고 대중 매체의 힘이 큰 매스컴을 통하여 사용되는 모든 나이는 만나이만을 쓰도록 하고 잘 안되면, 강제조항을 넣어서라도 바로 잡아 나아가야 할 것이다. 그러나 문화를 거슬리는 것은 정착이 될 때까지의 혼동과 저항이 따르게 된다. 인기 영합에 급급한 약삭빠른 나약한 정부는 이런 무리수를 두지 않으려 하니 곪아 터지게 된다. 정부가 방아쇠를 당겨야 한다. 잘 안 지켜지던 자동차 안전벨트 미착용에 벌금을 부과함으로써 단기간에 정착이 되듯이 하여야 할 것이다. 한국 나이=만나이 만이 존재하도록 해서 엉거주춤한 혼동된 문화 하나를 바르게 정립하는 것이 좋겠다.

AI 사용이 확대되면서 공간과 시간이 좁혀지고 이제 나이의 권위와 무게는 점점 위축되어 가고 있다. 나이가 경력의 위용이 될 수 없다. 이제 나이의 거품을 제거하고 실제의 나이로 자리 잡아야 할 때가 왔다.

음력, 이제는 그만!

지금 우리나라의 문화 중 수준에 맞지 않으면서 잘 납득이 가지 않는 것이 음력의 사용이다. 우리나라 국민 수준이나 여러 위상으로 보아서 빨리 개선되어야 할 것이라고 생각된다. 양력(陽曆)은 태양과 지구 간의 운동 변화를 기준으로 만든 역법(曆法)으로 태양력(太陽曆)이라 하며 1태양년(太陽年)은 365.242196일이다.

그런데 우리가 1년을 365일만으로 사용하고 있으므로 정확히는 1년에 0.242196일(5시간 40여 분)을 더 회전해야만 1년이 꽉 차게 된다. 그래서 이 자투리 0.242196일을 공전주기에 맞추기 위하여 4년분을 합해서 하루를 더 만들어 (0.242196일x4년=0.9644일≒1일), 이 하루를 2월 달에 덧붙여 2월 28일을 29일로 하고, 1년의 기간을 평년에 비해 하루가 많은 366(365+1)일 즉 4년에 한 번씩 윤년(閏年)을 만들어 주기를 맞춰가는 것이다.

그러나 4년마다 1일을 추가하면 100년이 되는 해는 1일 정도가 더 많이 늘어나므로 100년이 되는 해는 1일을 더 넣지 않는다. 그리고 400년이 되면 다시 1일을 더하여 오차를 줄였다. 이 계산법이 바로 우리가 현재 사용하고 있는 "그레고리우스력"이다. 우리나라가 공식적으로 양력을 사용하기 시작한 시기는 한일합방(1905년 11월) 훨씬 이전인 1896년 1월 1일부터이며, 고종황제가 음력 1895년 11월 17일을 양력 1896년 1월 1일로 변경하여, 이를 온 나라에 선포하고부터이다

그러나 당시 우리나라 영농 문화는 오랜 기간 중국 문화에 종속되어 왔기에 쉽게 사대주의 풍습을 떨쳐버리기가 어려웠을 뿐 아니라 주위 여타국의 선진 문명을 받아 들일만 한 국민 정서도 성숙되지 못한 상황이어서 황제의 건양선포에도 불구하고 음력을 고집하는 풍조가 그대로 이어지고 있는 실정이었다.

음력은 지구와 달 간의 운동 변화를 기준으로 하여 만든 것으로 태음력(太陰曆)을 말한다. 즉 음력은 달이 지구의 주위를 공전하는데 있어서 삭망주기(朔望週期)를 이용하는 것으로, 달이 망(望=보름달)에서 다음 망까지, 또는 삭(朔= 초승달)에서 다음 삭까지의 소요일수가 평균 29.53059일(1朔望月)이 걸리기 때문에 이를 한 달 즉 1개월로 하는 역법이다.

따라서 음력의 1년간의 일수는 12×29.53059=354.367068일이 되는 바 이는 양력의 1년 기간 365.53059일에 비해 10.875126일 즉 약 11일(10.875126÷11일)이 모자란다.

그래서 이 차이를 없애주고 날짜와 계절을 맞춰주기 위해 대체로 2~3년에 한 번씩 윤달이라는 이름으로 새로운 한 달을 만들어 1년을

열세(13) 달로 만들어서, 1년이 365일인 양력과의 날짜 차이를 좁혀 간다.

날짜를 더 정확히 맞추기 위하여 모자라는 음력의 날 수를 19년간 7번의 윤달을 넣어서 맞추어 가고 있다.

그런데 이렇게 해도, 윤달이 지나면 비슷하게 맞던 날짜나 계절이 다시 벌어져 다음번 윤달 직전에는 양. 음력 날짜 차가 한 달 내외로 크게 벌어지게 된다. 그래서 또 윤달을 만들고 또 채워 넣고 하는 식으로 해서 날짜의 수(數)를 늘여 가고 있다.

설날(음력 1월 1일)이 가장 빠를 때는 양력으로 1월 13일이 되고 가장 늦으면 2월 21일이 된다고 한다. 그러므로 새해 인사를 1월부터 시작하여 가장 늦을 때는 2월 말까지 2달간을 "새해 복 많이 받으세요." 라고 새해 인사를 하여야 한다.

광복 이후에 정부는 이중과세(二重過歲)라는 낭비성과 국제화에 역행한다는 이유를 들어 양력설을 공휴일로 지정하여 유일한 설로 지정하였지만, 국민들은 여전히 양력설은 왜놈(일본인)의 설이라며 음력설을 지냈다(양력설은 신정으로, 음력설은 구정이라 불렀다). 음력설과 양력설에 대한 논의가 지속되다가 고집을 꺾지 못한 정부가 1985년에 음력설을 '민속의 날'로 지정하였다. 1989년에 '설날'이라는 이름을 되찾게 되고 1991년부터 3일 연휴제를 시행하였다.

일본과 중국은 모두 음력설을 지냈지만 불합리한 것을 알고 모두 양력으로 돌아 선 것이다. 중국은 새해는 음력을 폐지하고 양력 1월 1일로 선포하고, 음력설은 춘절로 지내고 있다. 설의 원천도 우리 것이 아닐 텐데 고집이 센 비합리적인 국민은 왜 우리의 설을 버리고 왜놈의 설을 따라 가느냐는 것이다. 그 당시는 아직 교육수준이 낮고 깨이지 않아서 그렇다 하더라도 지금 왜 이것 하나 고치지 못하면서 어떻게 선진국 운운하는지 한심한 생각이 들뿐이다. 생일이 12월인 사람은 양력으로 출생연도가 왔다 갔다 한다.

추석도 음력 8월 15일로 하다 보니 양력으로 9월이나 10월이 되고 만다. 모두 곡식이 익고 추수가 끝나는 10월 어느 날로 날짜로 못 박아 "조상의 날"로 시행하면 좋을 것 같다.

농경문화 때도 음력은 절기가 들쭉날쭉하여 그것으로 농사를 맞출 수가 없어서 양력에 따라서 양력주기(陽曆週期)를 이용해 만든 24절기(節氣) 표에 맞추어 농사를 짓는 농사방법이 자리를 잡아가게 된 것이다.

그러나 양력도 일부 로마 황제의 오만과 독선에 의하여 일정해야 될 한 달간의 기간이 2월은 28일, 7, 8월은 큰달로 만들어 31일로 들쭉날쭉하다.

옛날 어른들의 제삿날과 생일이 음력으로 되어 있어서 날짜가 고정되어 있지 못하여 바쁜 현대인들이 기억하기 어렵다.

이런 전차로 나는 나의 일상에서 나 혼자만이라도 음력을 완전히 없애도록 하였다. 그래서 어렸을 때 사용하던 음력 생일을 양력으로 변환하지 않고 음력 날짜를 그대로 양력으로 고정하여 사용하고 있다. 즉 생일이 음력 10월 6일이고 그 당시 양력은 11월 18일이지만 10월 6일을 그냥 양력으로 지내고 있다는 말이다. 어차피 그 날이 그 날이 아닌 것인데 정확을 기하려고 하는 것 자체가 무의미한 것이다. 만약 1시간이 들쭉날쭉한 엉터리 시계를 가지고 초까지 정확히 재는 것은 비합리적이며 시간낭비일 뿐이다. 그때는 오히려 몇 시쯤으로 포괄적으로 말하여야 더 합리적일 것이다. 그래서인지 정부 행정, 금융, 의료 모든 분야에서 이미 그렇게 시행하고 있는 것이다.

우리나라에서 단기를 사용하던 것과 북한에서 표준시 30분을 늦추던 것들이 모두 국제시대에 맞지 않으므로 종전의 것을 취소하고 국제흐름에 따른 것이다. 모든 날을 양력으로 환산하지 말고 그대로 사용하여 혼선을 방지하자. 음력 폐지가 남의 나라 것을 따르는 것이 아니다. 그러면 양복, 양의 학문은 왜 따르는가? 왜 종교도 우리의 것을 사용하지 않는가? 좋은 것은 빨리 접목하여 나의 것으로 동화시켜야 한다. 본디 나의 것이 어디에 있단 말인가 민족의 이동으로 민족도 섞이고 있다. 인종의 백화점 이민의 시대 국제화 시대에 마음의 문을 열어야 한다. 일본과 미국의 발전은 여기에서 이루어진 것이다. 이제 북한도 그 갈림길에 서 있는 것 같다.

이제 기나긴 계도기간을 끝내고 올바른 것이면, 저항을 받더라고 과감히 시행하여야 한다. 이것이 정부의 몫이고, 바른 정치가의 자세이다. 눈치만 보고 인기 영합에만 기웃거리는 나약하고 비열한 지도자가 되어서는 밝은 미래가 없을 것이다. 그래서 단호한 체제의 국가가 발전의 속도가 빠를 수도 있다.

사회제도의 멍에

얼마 전에 프랑스의 해변에서 비키니를 입은 날씬한 여성과 부르키니를 입은(입었다기보다는 옷을 칭칭 옭아서 멘) 이슬람의 답답한 여성을 비교하여 논란의 기사가 난 것을 보았다.

또 얼마 전 리우 올림픽에서 미국의 선수로는 처음으로 히잡을 쓰고 올림픽에 출전한 여성 펜싱 사브르 개인전에 출전하여 프랑스 선수에 패해 8강 진출에 실패하였던 선수가 화제가 되었었다. 이 선수는 경기를 마친 뒤 인터뷰에서 결과가 실망스럽지만, 자신의 도전이 이슬람 사회 안팎의 편견을 깨는 계기가 되길 바란다고 말했다.

이슬람의 꾸란에 남성의 성욕을 자극시키지 않기 위해서 여성의 아름다움을 가려야하는 것이라니 이것은 구시대 인간의 편견이지 하느님의 편견이라고는 생각되지 않았다. 아마도 그 시대상이 우월한 남성들에게는 그러한 족쇄를 하지는 않았을 것이다. 여성들은 억눌려 잘못된 억압된 관습에 젖어 항상 그러하였기에 불편한 것을 모르고 당연한 것으로 받아들이는 것과 다를 바가 없을 것이다. 그 민족의 고유한 문화와 신성한 종교는 존중되어야 하지만, 1400년의 세월이 흘렀건만 세월이 바뀌어 제도와 관습이 바뀌었는데 아직도 낡은 제도에 억눌려 산다면 시대의 보편적 가치에 맞지 않아 도태되거나 저항을 받아 대중의 지지를 받지 못하고 폐기되어야 하였을 것이다.

문화와 종교라는 이름 아래 여성에게 히잡을 둘러씌워 족쇄를 채우고 여성 할례를 강요하는 이런 무모함은 사라져야 할 것이다.

아직도 우리 사회는 이런 편견과 비합리적인 것들이 많이 남아 있다. 이러한 것은 아직도 왕조국가, 독재국가, 사회제도가 아직도 발달되지 못한 전 근대적인 국가, 편견이 너무나 강한 종교가 지배하는 사회에서 아무렇지도 않게 자행되고 있는 것이다. 나는 인간사회에서 이해가 되지 않은 것이 많이 있지만 가장 이해되지 않는 것은 "너 죽고 나도 죽는 자폭테러를 쉽게 벌이고, 특히 사랑을 내세우는 종교들마저도 세속과 하나도 다를 것 없이 세상에서 추구하는 부와 권력쟁취 등 인간적 욕망을 얻기 위하여 전쟁을 해왔다는 것이다." 맹자는 인간 본성은 선하다고 하였지만 이러한 면에서는 선뜩 동의가 가지 않는다. 이러한 면에서 인간은 동물 중 가장 어리석은 동물이라고 하여야 할 것이다.

스펜서는 "인간은 삶이 두려워서 사회를 만들고, 죽음이 두려워서 종교를 만들었다. (나는 이 뒷말은 따르지 않는다.)"라고 말하였다. 인간은 끝없는 크고 작은 전쟁에 의한 삶의 공포로 집단화를 이루고 자연스럽게 사회계약을 맺어 오늘날의 국가를 이루어 왔다. 국가 내에서도 지배층과 피지배층 간의 끊임없는 다툼으로 자기의 입지를 넓혀 양자 사이에 계약을 맺어 돌출해 낸 것이 민주주의이다.

두 번째로 안타까운 것은 "사회제도가 어린이나 여성처럼 약자를 억압하고 괴롭히는 그릇된 틀을 가지고 있어도 그것이 왜 시정되지 않느냐 하는 것이다."

국가 제도가 생명을 보호하기도 하지만 왕조시대에서는 수많은 백성이 왕 한 명을 보호하기 위하여 존귀한 인간의 생명을 왕권유지 도구의 대용물로 희생을 아무렇지도 않게 여겼다. 중국 진시황 때의 세계최대 토목공사인 2,700km의 만리장성, 진시황이 사후에 지상궁전을 재현한 병마용을 만들기 위해서 동원된 340만 명의 인부들을 황릉 완성 후 비밀 보장을 위해서 사살하였을 것이라니 지금으로서는 상상이 가지를 않는다.

아직도 현대 사회에는 불편부당한 편견과 잘못된 인간의 삶을 망치는 일들이 수없이 관행으로 자행되고 있다. 멀리 내다보지 않아도 국경을 맞대고 있는 북한에서는 아직도 근대 독재 왕조 그대로이다. 가까이 있던 사람을 뜻에 맞지 않는다고 총이나 박격포로 살상을 하는 것은 심지어 사랑을 실천해야 할 종교마저도 IS는 곳곳에서 비인간적 자살테러를 하고 있는 것이다.

몇백 년 전만 하여도 힘 있는 나라는 힘없는 약소국가를 침략하여 재물과 사람들을 가축처럼 노예로 소유하여 매매하며, 비인간적인 만행을 자행하면서 죄책감 없이 문명의 우위를 자랑하여 왔다.

만인은 법 앞에 평등하고, 태어나면서 인간다운 삶을 누릴 수 있는 권한이 있다고 하였는데 이를 왜 이루지 못할까? 한 나라를 위하여 다른 나라가 희생되고 한 사람을 위하여 다른 사람이 노예와 같은 삶을 살아야 하는 것인가?

요즈음 우리 사회에서 금수저, 흙수저가 회자되고 있다. 예전에는 본인이 열심히 하면, 개천에서 용이 날 수도 있었으며, 흙수저를 물고 태어나서 열심히 살면 금수저를 물을 수도 있다는 희망을 가지고 열심히 일하였다. 흙수저에서 신분 변화를 가져오는 것이 공부였기에 우리나라 사람들은 공부병에 걸려 있지만 오늘날 현 사회는 아무리 노력하여도 신분의 변화를 꾀할 수 없는 정체된 사회로 변질돼가고 있다. 젊은 이들에게 희망이 없는 사회가 되었다는 것이다.

신분 계급 카스트제도가 고착된 인도에서 태어나지 않고, 일본 식민시대에 태어나지 않은 것을 천만다행으로 감사해야 할 것이다. 그러나 우리나라에서도 다문화가정에 대한 차디찬 편견, 학식에 대한 편견, 재물에 대한 편견, 등등 인간적인 사회적 선입견을 떨쳐버려 인간 본연의 평등한 존엄과 사랑을 받는 사회가 되어야 할 것이다.

삶의 질이 가장 낮은 최악의 북한에서 지상 낙원이란 얼토당토않은 말을 하고 있다. 이런 나라가 가장 멍에가 많은 나라일 것이다.

도연명이 꿈꾸던 무릉도원의 사회는 유토피아 사회로 우리의 이룰 수 없는 하나의 과제인가? 이것은 죄 많은 인간에게 꿈으로만 남는 것인가?

바뀌어 가고 있는 세상

학교를 정년 퇴임하고 근무하였던 학교행사에 두리번거리는 것은 현직에 있는 교원들에게 중압감과 스트레스를 받게 한다고 생각하여 참여하는 것을 자제하여 왔었는데, 후임 교장이 여러 번 전화하여 참여를 요청받아 졸업식에 가서 차를 마시고 조금 있다가 졸업식장에 들어섰다. 예전과는 분위기가 많이 달라졌다.

시간이 지나가도 그 많은 시간을 차지하던 상장 수여와 장학금 수여가 없었다. 궁금하여 교장 선생님께 질문하였더니, 요즈음은 모든 상장과 장학금은 해당 학생만을 교장실로 불러서 간단히 이미 다 마쳤다는 것이었다. 예전에는 졸업식은 성적 우수한 학생들의 축제의 장이요 다른 졸업생들은 그들을 위한 들러리 격이었었다. 성적이 우수한 학생들은 3관왕이 되어서 상을 팔에 다 안을 수 없을 정도로 여러 번 의기양양하게 호명되어 나갔지만, 3년간 형설의 공을 쌓아온 대다수의 주인공 학생들은 남의 수상에 기자 죽어 맥없이 박수만 치다가 끝나는 졸업식이었었다. 그리고 똑같은 이야기를 되풀이하는 지루한 축사들을 들으며 언제 끝나기만을 지루하게 기다렸었다. 장학금도 성적이 우수한 학생이 금액이 많은 것을 차지하였었는데 이제는 성적이 우수한 것보다는 가난한 학생들에게 치중한다는 것이었다.

그러나 지금은 내빈 축사는 모두 생략이 되었고 오직 교장 선생님의 회고사만 있고, 주인공인 졸업생들이 해당 학생의 장래 희망과 특기 취미를 소개하는 영상을 스크린에 비추는 동안 학생은 담임 선생님과 일일이 포옹을 하며, 값진 졸업장을 받고 있었다. 학생들은 정든 학교를 떠난다는 슬픔보다는 앞으로 더 높은 곳을 향하여 나아가는 발판을 통과한다는 기쁨과 희망에 찬 모습이었다.

아! 맞다. 그래야지. 상을 받는 사람들이 주인공이 아니라 졸업하는 학생들이 주인공이 되어야지. 그리고 정치인들이 낯을 내미는 자리가 아니라 선생님들이 학생들과 정든 고락을 뒤돌아보는 교육의 장이라는 것을 느꼈다. 주객이 전도되어 있었다가 이제 제 위치로 돌아온 느낌이었다.

나는 여간해서 먼 곳의 결혼식을 보러 가지를 않는데, 며칠 전 절친한 친구의 아들이 서울 강남에서 결혼한다고 하여, 요즘 젊은이들의 새로운 감각을 맛보기 위하여 모처럼 결혼식에 참여하였다. 다른 때는 대부분 결혼식도 보지 않고 부조금만 전달하고, 피로연에 들여서 식사를 하고 왔기에 신랑 신부가 기억이 나지를 않았다.

이번에는 대절한 버스가 함께 갔다가 함께 와야 하므로 식장에 들어가서 예식을 처음부터 상세히 볼 수 있었다. 신랑 신부가 주인공임을 내세우기 위하여 별도의 주례를 두지 않았다. 그리고 키워주신 신랑의 아버님이 성혼선언문과 주례사만 간단히 하였다. 그리고 나머지는 신랑 신부가 사전에 찍어 놓은 직접 부르는 노래며, 학창시절의 친구와 가족들의 격려의 멘트가 담겨져 있었다. 주위가 시끄러워 주례자가 장시간 코리타분한 이야기를 늘어놓는 지루함을 볼 수가 없이 금방 끝나는 것 같았다.

요사이 직장에서는 me too 운동으로 회식 후 2차라는 것이 거의 없어졌으며, 회식 자체의 횟수가 많이 줄어들었다고 한다.

이런 변화에 가장 더딘 곳이 있다. 종교계이다. 하느님을 내세워 절대 진리를 추구하다 보니 사회의 바람을 덜 타기 때문일 것이다. 그러나 신자들의 구성이 사회일원으로 사회를 살아가는 한, 교회도 그 테두리를 벗어 날 수 없을 것이다. 그래서 스스로 자성의 노력으로 변모하여야 하나 권위만을 내세워 변하지 않으면, 외로운 섬이 되어 종교가 사회에 침투되지 못하여 외면받을 것이다.

과학의 발달만큼 그 이상으로 민주주의 발달과 사회제도의 발달로 모든 분야가 엄청나게 많은 변화가 빠르게 변하고 있다. 아마도 예전 노인네가 다시 살아난다면, 적응하지 못하고 완전히 왕따 당할 것이다.

제도의 변화는 순기능만 있는 것이 아니라 그 역기능도 만만치 않은 것 같다. 학교에선 학생들의 인권을 너무 강조하다 보니 교권이 위축되어 학생들의 지도를 제대로 할 수 없어 교단이 흔들리고 있는 것이다. 나라님도 인터넷상에 힐난을 하고, 노조에서는 다니는 회사를 뒤엎어 주인을 위협하기도 한다.

헤겔의 정반합이 생각난다. 하나의 주장인 정(正)에 다른 주장인 반(反)이 나오고, 여기에 더 높은 종합적인 주장인 합(合)이 나와 통합되고 발전되는 과정을 이렇게 하여 사회가 발전해 가는 것이다.

UN이 발표한 미래의 충격 보고서에서는 현재의 일자리 80%가 사라진다고 한다. 또 다른 보고된 미래의 사회 트렌드에서는 과학의 발달로 남자가 필요 없는 사회, 정보가 홍수처럼 쏟아지므로 평생 적응할 무기는 죽을 때까지 더 많은 교육을 받아야 한다고 하니 미래의 문맹인에서 탈피하려면 적응력이 부족한 노인들은 미리 정보습득 능력을 키워야 될 것 같다.

산천은 의구한데, 옛 제도는 간데없이 사라졌구나. 부단히 노력하지 않고 "아! 옛날이여!"라고 옛날 타령만 하다가는 시대의 낙오자로 발붙일 곳이 없을 것 같다.

참 좋은 세상

정년 퇴임을 하고 무엇을 할 것인가 고민하였지만, 문명의 이기를 만나 혼자서도 모든 것을 할 수 있는 참 좋은 세상이 된 것 같다.

수학을 가르치다 보니 대입시생들의 교재 준비로 손에서 수학책을 놓을 수 없었고, 다른 것을 하는 것은 생각조차 할 수 없었다.

그러나 컴퓨터라는 만물박사 때문에 큰 도움이 된다. 내 자신 높은 수준에 올라가지도 못한 수학이지만 이것에 매달리다 보니 다른 것은 거의 맹탕과도 같았다. 변변한 취미를 가져 볼 수도 없었고, 교양을 넓히기 위한 독서 한 번 마음 놓고 하지 못하였다. 그러다니 보니 퇴임 후 터득하고 싶은 갈증이 한 두 가지가 아니었다. 그러나 나이 70이 넘어 어디에 가서 무엇을 배운다는 것이 선뜻 내키지 않았다.

컴퓨터는 이같이 난처한 것을 시원하게 해결해 주었다. K-mooc라는 곳에서 세계의 최고의 교육을 받고 저명한 교수님들이 사이버 강의하는 것을 올려놓았다. 천문학, 철학, 인문학, 과학, 문학, 컴퓨터 교육,

외국어 교육, 역사학 등등 하루 종일 들어도 지루하지 않았다.

지난번에는 세계의 역사와 우리나라 역사를 한 달간 속성으로 대략 마스트 할 수 있었다. 어디에서 이런 강의를 들을 수 있단 말인가? 이해가 잘 가지 않는 불명확 곳은 다시 돌려 볼 수도 있고, 수업을 받듯이 필기를 하여가며, 들을 수 있었다. EBS 영어 교육방송에서는 외국에 가지 않고서도 수준 다양한 영어 교육을 취사선택하여 볼 수가 있다.

인터넷 쇼핑몰에서는 학창시절의 인기 있던 책들까지 구입하여 받아 볼 수 있고, 도서관과 맞먹는 방대한 책들을 며칠 내에 안방에서 구입할 수 있는 좋은 세상이 되었다. 그리고 다양한 물품들을 다양한 가격층으로 색상과 재질을 자기 취향에 맞게 구할 수 있으니 재래시장이 경쟁이 될 리 없다. 나는 선호도가 강하여 문구류 하나라도 작은 문구점에서는 구입을 못 하지만 인터넷몰에서 취향에 맞는 것을 구한다.

시간이 나면 장기와 바둑 상대자를 골라서 대국을 할 수도 있다.

취미로 탁구를 좀 하려고 하니 실력이 늘지를 않는다. 유투브에 들어가니 국가대표 선수급들의 강사들이 동작 하나하나를 느린 동작으로 상세히 동영상으로 올려놓은 것을 몇 번이고 보고 연습할 수 있었다.

의학상식이나 법률에 대한 모르는 것을 검색하여 찾아보면 자세히 나와 있고, 없는 것은 지식에 들어가서 문의하면 전문가가 친절히 답하여 준다.

며칠 전에는 딸이 사는 미국 중부를 다녀와야 했는데 비행기 직항이 없어서 적어도 한번은 경유를 하며, 짐을 찾아 옮겨 실어야 했다. 영어가 서툴러 조바심이 나서 지식코너에 질문을 던지니 미국여행 전문가가 친절하게 코스별로 사진과 설명을 곁들여 올려놓았다. 미심적은 곳이 있어서 추가 질문을 하니 또다시 궁금증을 상세히 답하여 주어서 편안한 마음을 가질 수 있었다.

그리고 유튜브에서는 좋아하는 음악과 영화도 다시 볼 수 있다.

컴퓨터(스마트폰도 마찬가지임)는 장난감의 수준을 넘어 이제는 없어서는 안 될 나의 생활필수품 1호가 되었다. 그런데 이것을 이용하자면 컴퓨터가 있어야 되고, 인터넷 사용료를 내어야 하니 약간의 비용이 들어갈 것이다.

문명의 이기를 이용하는 참 좋은 세상이 되었다. 그러나 앞으로는 정보화 시대에 이를 이용할 줄 모르면 눈뜬 소경이 될 것이며 장애인이나 다름없을 것이다.

노인네들이여 이제는 정보기기를 잘 이용하는 사람이 유능한 사람이고, 사회에 잘 적응할 수 있고, 즐거운 삶을 살 수 있을 것이다. 흙에 묻히기 전까지 우리는 배워야 할 것이다.

그런데 주의할 것은 거짓된 인간이 많아서 엉터리 정보와 사기꾼에게 걸리면 잘못된 정보로 오염될 수 있고, 자기의 재물도 잃을 수 있다는 것이다. 그리고 중심을 잡지 못하고 여기에 탐닉이 되어 파묻힌다면 자기의 건강을 송두리째 날려 버릴 수도 있을 것이다. 어디에나 독버섯은 있기 마련인 것 같다.

또 지금 우리가 참 좋은 세상에 사는 것은 부당한 대우를 받지 않고, 국민이 주인인 세상에 살고 있다는 것이다. 세계 도처에는 기아와 전쟁으로 삶의 터전을 잃고, 불안의 나날을 보내는 사람들이 의외로 많다. 우리는 경제적인 부뿐만 아니라 세계 최고의 민주주의 자유를 누리고 있다고 생각된다. 국가의 정책을 대놓고 비난하거나, 자기의 권익을 위하여 거리에 나와 시위를 하는 등이 표현의 자유를 누릴 수 있는 최고의 민주주의 국가가 되었다. 그리고 미투운동으로 여권의 신장도 많이 개선되었다.

다만 날이 갈수록 빈부의 차이가 커진다는 것과 이제는 개천에서 용이 나오기 힘들고 평범하게 살아가기 위해서도 피 터지게 스트레스를 받으며, 경쟁하지 않으면 비참한 삶으로 뒤안길에서 어깨를 못 펴고 낙오자로 사는 세상이 되었다는 것이다. 경제가 나아졌다고 하지만 상대적 빈곤감을 느끼며 사는 사람은 더욱 많아졌고, 자살자도 줄어들지 않고 있다. 삶의 질은 좋아졌지만 사람들이 편안한 마음으로 스트레스받지 않는 정감이 흐르는 세상이 되었는지는 모르겠다.

운전할 자격

이제는 까마득한 옛이야기가 되었지만, 처음 운전면허를 따고 운전을 할 때는 사고가 두렵기도 했지만 선배 운전자들의 험악한 거친 욕이 더 두려웠다. 요즈음은 자가용이 거의 오토로 되어 있어 잘 모를 것이다. 그러나 예전은 스틱이 되어 언덕이 많은 곳은 차가 뒤로 밀리고 기어 조작을 하다 보면 시동이 꺼지기도 하여 차를 놓아두고 도망가고 싶은 적이 많았다.

평생에 먹을 욕을 그때 다 먹은 생각이 든다. 왜 입에 담지 못할 그런 심한 욕을 할까, 남녀와 노소를 불문하고 아버지뻘 되는 분에게도 아랑곳하지 않는다. 아마 생명과 직결되는 것이어서 그런가. 그 정도가 심하여 며칠을 두고 귀가에서 맴돌아 찝찝한 마음이 오래도록 괴롭힌 적인 있다.

나 자신 운전한 지 35년이 지났고 오토로 운전하므로 기술이 향상되고 자신감은 붙었지만 아직도 욕이 두렵다. 왜 우리나라만 이렇게 자동차 운전의 매너가 좋지 않은 것인가.

우리나라 사람들의 빨리빨리 문화가 IT산업에서는 큰 성과를 거두고 있지만 자동차 운전에서는 좋지 않은 결과를 가져온 것 같다. 수학여행을 하면서 인솔자로 버스를 장시간 타보면 무리 지어 가야하기 때문인지는 몰라도 신호를 무시하고, 과속, 불법 유턴 등등 이건 아닌데 하면서도 기사분의 기분을 상하게 할까봐 용기가 없어 말은 못 하지만 불쾌할 때가 많이 있다. 택시를 타면 끼어들기 총알 과속 등등 아찔할 때가 많이 있다. 이런 것을 프로들이 자랑으로 생각하는 그런 풍조인 것 같다.

일본의 늙수그레한 할아버지의 침착하고 여유 있는 택시 운전, 유럽의 대형버스를 국경을 넘나들면서 몇 시간씩 잔잔한 호수처럼 여유롭게 운전하는 중년의 아주머니 기사들이 믿음을 준다.

운전면허증은 운전의 기술이 뛰어났다고 하여도 운전자가 새치기하고, 앞지르고, 끼어들고, 불을 번쩍거리고 빵빵거리면서 길을 혼자 전세 내어 행차하는 등 불법을 저지르는 것뿐만 아니라 매너가 좋지 않아 불손한 언행을 하였을 때도 녹음 녹화를 증거로 면허 취소를 하도록 하여 밝은 웃음을 짓는 운전 풍토를 조성하여야 할 것이다. 운전면허 자격에는 운전 실력뿐 아니라 운전자의 교양을 넣어서 상대를 배려하여 서로 양보하고 안내를 하여 주면 얼마나 즐겁고 상쾌한 운전이 되겠는가?

며칠 전 주차할 곳이 없어서 나무 밑 가파른 내리막길에 주차하면서 염려되어 footbreak, sidebreak, 앞바퀴까지 밖으로 틀어 놓고 2시간 후에 와보니 내 차 앞, 뒤로 10cm 간격으로 다른 차가 주차되어 있었다. 10분간 차를 빼려고 하였지만 심한 경사에 앞, 뒤로 너무 가까이 주차를 하여 놓아서 도저히 차를 뺄 수가 없었다. 차를 빼달라고 전화를 하려고 하여도 다른 용무를 보는 사람들의 흐름을 깰 것 같아 택시를 잡아타고 회의장으로 가는 도중이었다. 웬 여자 분으로부터 걸려온 전화가 "당신 차를 었따가 대었어요?"라는 짜증 섞인 목소리였다. "차를 도저히 뺄 수 없어 택시를 타고 가는 중이어요."라고 대답하고 끊었지만 회의 중 제대로 할 말을 다 하지 못한 것이 떠올라 회의 내내 분이 가라앉지 않아 집중이 되지 않았다.

나중에 갔다 댄 차들은 나올 것을 예상하여 차간 거리를 두어야 하는데 차들을 바싹대었는지 이해가 가지 않았다. 그 차들이 댈 때는 뒤로 여유가 많이 있었기 때문이었다. 내 뒤차는 그 뒤로 차가 2대나 더 있었으며, 내 앞차는 그 뒤로 3m 정도나 여유가 있었는데 말이다. 분을 참지 못하고 나중에 찍힌 전화번호를 보고 항의 전화를 하였다. "뒤에 2대나 더 차를 갔다 댈 정도로 여유가 많았는데 왜 그렇게 바싹 대었느냐? 뒤차 보고 빼달라고 하여야 하는 게 아녜요?"라고 볼멘소리를 하였더니 "죄송합니다." 짤막한 소리를 듣고서야 진정할 수 있었지만 그 날 내내 기분이 언짢았다.

남을 배려하는 따스한 마음으로 즐거운 운전을 합시다.

인삼 할아버지

얼마 전 남루한 옷차림을 한 촌로 한 분이 사무실 문을 자신감 없이 슬며시 열고 들어오셨다. 잡상인의 일종이지만 20여 년 전의 구면의 할아버지라 반갑게 맞이하였다.

이 할아버지와의 인연은 20여 년 전 인문계 C고등학교에 근무할 때였다. 매일 아침 7시부터 밤 12시 가까이 근무에 시달리어 체력이 고갈되어 휘청거렸고, 매일 지쳐 무기력할 때였기에 활력을 불어넣을 보약이 필요한 때였다. 사실 보약보다는 쉬고 운동을 하여야 하지만 이런 사치스런 형편이 되지 못하던 차에 이 할아버지가 인삼 보따리를 매고 행상을 왔는데 차림이 인삼 산지에서 삼을 막 캐 가지고 온 할아버지처럼 고무신을 신고, 굵은 삼을 신문지에 물을 축여 둘둘 말아가지고 다니는 것이 중국산이나 가짜를 속여 팔 그런 약아빠진 할아버지 같지는 않고 어딘가 측은하여 동정심이 들어서 큰마음을 먹고 듬뿍 샀던 것이다.

그분의 고향이 인삼의 고향 금산이라는 말이 더욱 인삼에 대한 믿음을 가지게 하였다. 그 당시 유일한 보약이었던 인삼을 같은 처지의 선생들이 한꺼번에 팔아드려서 한 달이 멀다 하고 보따리를 매고 학교에 드나드셨던 것이다.

그간 강산이 몇 번 바뀔 세월이 흘러 나는 교직에서 정년 퇴임하고 먼저와는 전혀 직종이 다른 곳에서 근무하는데 어떻게 여기를 알고 오셨다는 말인가?

보따리를 푸신 할아버지는 그간의 몰랐던 눈물 어린 인생역정을 늘어놓으셨다. "예전에는 학교를 자유롭게 드나들었는데 요즈음은 학교마다 수위실에서 잡상인들 출입을 금하게 하여 학교 출입을 못하고 있어요. 예전의 교사였던 분들이 지금은 도교육청에 근무하는 분들이 계셔서 도교육청에 들렀다가 무작정 인근에 있는 청소년수련관에 들렀던 것."이라고 하신다.

옛날에 밤을 낮 삼아 집에서 밥숟가락만 놓으면 학교에 와서 주말도 없이 살던 옛 동지들의 소식을 이 할아버지한테서 들으니 정겹고 학생들하고 희희낙락하던 즐거운 추억이 주마등처럼 지나가는 시간이었다. 장부를 가지고 외상 거래를 하던 시대였기에 비교적 소상히 거래하였던 선생님 이름과 근무처를 알고 계시었다. "할아버지, 그동안 어떻게 지내셨어요? 그토록 인삼을 파셨으면 지금쯤 좋은 아파트 몇 채라도 사셨을 텐데요?"라고 하였더니 말씀하시기 전에 눈물부터 글썽이면서 그간의 아픈 추억을 이야기하는데 듣던 나도 옆에서 눈물을 흘리고 말았다.

슬하에 외아들 하나를 두었는데 외아들은 열심히 공부하여 서울에서 대학도 나오고 좋은 곳에 취업하여 결혼하여 아들, 딸 하나씩을 두고 행복하게 살았었는데, 어느 날 횡단보도에서 음주 운전자가 갑자기 덮치어 횡사하였단다. 그 후 며느리는 어린 두 아이를 할아버지와 할머니께 맡기고 재가를 하여 두 아이를 키우느라 이날 이때까지 허리를 펴지 못하고 보따리 행상을 하고 있다고 하였다.

그 후 아내도 사별하고 두 손주를 대학까지 모두 공부시키고 자리를 잡을 만 한 때에 며느리가 두 아이들과 연락을 하여 두 손주가 모두 엄마 쪽으로 갔다는 것이다. 친손자가 "늘 할아버지 우리를 키우시느라 너무 고생 많으셨는데 우리가 편히 모실게요."하였는데 손주들마저 곁을 떠났으니 얼마나 서운하겠는가. "자식이 어미를 찾아가는 것은 어찌할 수 없고 다 키운 손주를 빼앗아 가는 며느리가 야속하였지만 며느리를 미워하면, 며느리 잃고, 두 손주까지 다 잃으니 대승적 차원에서 내가 이해하고 참아야 한다."며 눈물을 흘리시는 것이었다. 나도 할아버지의 관대한 마음에 잘하셨다고 공감을 표하였다.

이런 상황으로 보아서는 내가 삼이라도 좀 사드려야 하는데 나는 얼마 전 산에 갔다가 미끄러져 손목 골절상을 입고, 먹는 약이 많아 당분간은 인삼을 먹을 형편이 아니었다. 할아버지도 보따리를 매고 겨울에 빙판을 다니다가 여러 번 넘어져서 팔이 부러졌었지만 세월이 지나니 다 나았고, 지금은 멀쩡하다며 나를 위로하신다. 골절된 팔에도 삼이 좋으니 사달라고 하신다. 그래서 사정 이야기를 하고 팔아드리지 못함에 미안하여 차비라도 하시라며, 몇 푼을 넣어드렸더니 한사코 안 받으시겠다고 하시다가 나의 강권에 받아 넣으시고 다음에 또 오겠다는 말을 남기고 떠나셨다.

오랜 기간이 지나 어느 날 다시 이 할아버지가 보따리를 매고 오셨는데, 복도에서 우리 직원 아주머니를 만나 나를 찾으니 "남루한 차림의 할아버지가 관장님의 시간을 빼앗고 물건을 강매할 것 같아 안 계신다."고 하였더니, "잠시 후에 다시 오신다."고 하였단다. 나는 짧은 시간 직원 아주머니한테 그 할아버지에 대한 이야기를 하였더니 죄송하게 되었다며, 잠시 후 그 할아버지 다시 왔을 때 친절히 맞이하며, 커피까지 서비스하였다.

이번에도 풀어 놓는 삼보따리를 외면할 수 없고 저하된 몸에 좋을 것 같아 오늘은 사리라고 마음을 먹었었다. 할아버지는 그간의 노하우가 있으신지 장뇌봉지에서 새끼손가락 같은 장뇌삼을 하나 잡더니 뚝 꺾어 흙이 묻어 있는 삼을 맛보라고 내밀으신다. 이 상황에서 안 살 수 없는 것이다. 떨이하는 두 박스를 내밀며 요구하는 값에 깍지도 않고 지불하였더니, 장뇌 한 봉지를 덤으로 주신다.

그리 많지도 적지도 않은 돈이지만 오늘 왠지 기분이 흐뭇하였고 인삼 할아버지도 고마움의 표시로 몇 번이고 감사의 인사를 전하며, 잡은 손을 놓을 줄 몰랐다. "가장 보잘것없는 이에게 베푼 것이 곧 나에게 베푼 것"(마태,25,40)이라는 예수님 말씀이 문득 떠올랐다. 악다구니, 아귀다툼의 말보다는 서로를 이해하는 풋풋한 정감 어린 말로 서로를 감싸며, 살아간다면 어려운 고통도 가벼워질 것이다.

70대 중반의 인삼 할아버지 배우자, 외아들 잃고 두 손주 떠나고 무슨 재미와 희망이 있으련만, 그래도 내내 건강하시고 여생 행복하시기를 기원하였다.

간소한 명절 쇠기

지금도 잊히지 않는 것은 어렸을 때 아버님 시하에서 조상들의 제사를 지내던 추억이 생각난다. 5,6십 년 전 일이니 까마득한 일이다. 초등학교, 중학교 다니던 시절이다. 할아버님 제사를 밤 12시에 지냈다. 초저녁잠이 많던 어린 시절 곤히 자다가 엄동설한에 일어나서 예를 갖추기 위해서 세수를 하여야 하는데, 시설이 열악하던 시절 따스한 물이 있을 리 없다. 마당의 펌프 물을 퍼 올려 얼음을 깨고 찬물에 세수하고 예복이 따로 없는 때라 갖추어 입을 것이라곤 교복밖에 없었다. 밤에 하품하며 교복을 입고 제사를 지내는데 조상에 대한 추모의 마음보다는 배가 고픈 때라 마음은 온통 고기찜이며, 울긋불긋한 먹음직스런 과일들에 시선이 쏠리며, 제사가 빨리 끝나기만을 기다린다. 잠이 덜 깨어 비몽사몽 중에 날카로워진 아버님은 심기 불편한 불호령으로 조상에 대한 불경함을 질책하곤 하셨다. 그래서 매번 제사 때는 신경을 곤두세워 잘하려고 하지만 추모에 대한 인식 부족과 자아가 미숙한 스스로의 통제력 부족으로 아슬아슬한 때가 많이 있었다.

돌아가신 분이 무엇을 잡수실 리 없지만 생존 시 맛있는 음식을 제대로 대접하여 드리지 못한 것이 한으로 남아 제사 때의 그 한을 풀어 드릴 양 평소에 먹지도 못하던 음식들을 제사 때 마련한다. 그 제사의 순서도 돌아가신 조상이 방문하시어 진수성찬을 잡수실 수 있도록 제사 중간에 문을 열었다가 닫는 행동이며, 음식의 순서도 술로 시작하여 식사하시고, 그 후 탕을 숭늉으로 바꾸는 등 생존 시의 식사 순서에 맞추어 제사를 지낸다. 그리고 조상의 혼이 신인 양 대접을 제대로 안 하면 재앙을 내릴 것 같은 두려움과 조상의 신이 후손들에게 흉과 화는 피하고 길하고 복된 것을 베풀어 주십사 하고 청구하는 것이 있다면 이것은 미신에 관한 것으로 조상을 대접하는 것이 아니라 돌아가신 조상까지도 나의 앞날의 복을 위하여 우려먹는 것 밖에 안 될 것이다.

조상의 은덕을 기리기 위하여 기일에 맞추어 잊지 않고, 정성을 다하여 추모한다는 것은 10계명 중 4번째(부모님께 효도하라.) 계명에 해당되는 아름다운 미풍양속이지만, 음식을 드신 다거나, 신처럼 대하는 것은 아주 잘못된 것으로 바꾸어야 할 것이다. 따라서 나는 신앙을 갖기 전부터도 묘자리며, 지관이라는 것이 납득이 되지 않았다.

물이라도 떠놓고 조상을 위해서 영원한 안식을 얻도록 하느님께 기도하여야, 주객이 전도된 것을 바로 잡을 수 있을 것이다.

조상께 차례를 지내며, 성묘하는 추석도 그러한 맥락에서 간소화되었으면 좋겠다. 지금은 고향을 떠나서 사는 가족들이 많이 있다. 추석 때 귀향하느라고 교통 대란이 일어난다. 추석 전 주에는 벌초를 하느라 다녀가야 하고, 여성들은 제사음식을 만드느라 (하지 않던 음식을 만드느라), 가사 일이 힘들어 부부싸움을 하는 등 명절 스트레스 증후군이 있다고 한다. 이것을 해결하기 위하여 추석 1주 전 주말로 날짜를 미리 정하여(이때는 교통도 체증이 없으며, 직장의 연가를 받지 않아도 된다.) 벌초한 후 그 자리에서 간단히 차례를 지내고(벌초와 차례 2가지를 한꺼번에 할 수 있다.) 식사는 인근의 음식점에서 공동회비로 간단히 해결하고 헤어진다면, 훨씬 절차가 간소화될 것이다. 조상님이 보아도 후손들이 편안히 스트레스받지 않고 오손도손 행복하게 살기를 바랄 것이다.

대신 기나긴 추석 연휴는 처가집도 찾아뵙고, 분가하였던 자녀들과 함께 지내거나, 여유가 되면 여행을 하는 등 생활의 윤활유가 될 것이다.

설은 유사 집에 모여 아침 세배를 하고 차례를 간단히 지내고, 공동회비로 외식을 한다면, 음식을 만드는 번거로움이 없어져 많은 시간에 대화를 나눌 수 있을 것이다. (형제들 간의 당해 연도의 중요 행사 알림과 새해의 포부 등을 교환) 당일로 산뜻하게 설의 첫출발을 할 수 있을 것이다.

이렇게 하면 1일로 가능하므로 신정을 쇠고 설 연휴는 가족들과 에너지 재충전의 휴식시간을 가지면 좋을 것이다.

살아 있는 사람을 중심으로 이루어져야 하며, 돌아가신 분은 육(肉)의 세계가 아니므로 현세의 우리처럼 대접하는 것이 결코 잘한 것이라고 생각하지 않는다. 영(靈)은 영으로 마음과 기도로 대접을 하여야 하지 않을까? 예전에는 초상을 당하였을 때 자식이 산소 옆에 움막을 짓고 3년간 찢어진 삼베옷을 입으며, 얼굴에 검댕이를 칠하여 죄인의 행상을 하였다고 한다. 내가 조상이라도 이러한 것은 나의 마음을 더욱 아프게 하는 것으로 당장 거두도록 할 것이 아니겠는가? 지금은 이렇게 하는 사람이 별로 없을 것이다. 명절만이라도 산 사람이 즐겁게 웃음 짓는 행복한 때가 되었으면 좋겠다.

어른 행세

우리나라 65세 이상 노인이 740만 명(14.3%)을 넘어서고 있다니 우리나라는 이제 고령화사회로 접어들었다. 예전에는 노인들이 축적된 사회 경험과 지식으로 젊은이들을 지도하고 교육하였고, 토지를 소유하여 경제적으로도 주도권을 행사하였다. 그렇기에 노인들이 집안에는 중심을 잡아줄 어른들로 자리 잡았다. 그러나 지금은 젊은이들이 컴퓨터의 발달로 백과사전적 지식을 손쉽고 빠르게 얻을 수 있게 되었고, 서비스업과 공 · 상업의 발달로 농업이 물러나다 보니 노인들이 경제적 주도권을 잃게 되었다. 여기에 부응하여 노인들을 공경하던 시대의 풍조도 많이 퇴색되어가고 있다. 적은 자녀의 출산으로 아이들은 상전의 대접을 받고, 민주주의 발달로 윗사람들의 권위는 많이 약화되었다. 집안의 어른은 목소리가 작아졌고, 뒷방에서 손주들을 돌보느라 황혼을 저당 잡히고 있는 것이다. 시대의 분위기를 재빠르게 감지하지 못한 어른들은 가정에서나 사회에서 낭패를 당하고 있는 것이다.

요즈음 며느리들 사이에 다음과 같은 이야기가 돌고 있다. "김장철에 시어머니가 며느리를 위하여 김치를 만들어 아들집을 방문하여 김치를 놓고 가면 3등 시어머니, 집안에는 들어오지 않고 김치를 경비실에 맡기고 가면 2등 시어머니, 아예 김치를 택배로 부치면 1등 시어머니"라고 한다. 이제는 자식들로부터 돈을 받으며 대접을 받는 것이 아니라, 오히려 자식들에게 베풀어야 하는 시대가 된 것이다. 이것은 비단 가정에서 뿐만 아니라 직장에서도 비슷한 상황인 것 같다.

근무 당시 10여 개 고등학교 교장과 그 학교 교무부장 모두 20여 명이 해외연수를 간 적이 있었다. 숙박할 때에 여행 인솔 측에서는 교장은 교장끼리 교무부장은 교무부장끼리 룸메이트를 배정하였는데 어느 교장이 "왜 같은 학교에서 온 교무부장과 한방을 쓰게 하여야지 잘 알지도 못하는 다른 학교장과 한방을 쓰게 하였느냐?"고 하니까 인솔 측 안내자는

"같은 학교 교장 선생님과 교무부장을 한방을 쓰게 하면 교장 선생님은 편안할는지 모르지만 교무부장님은 얼마나 불편하고 힘들겠느냐?"고 하면서 다 함께 즐겁고 편안한 연수가 되기 위해서 이해하여 달라고 하였다. 그러자 많은 부장님들이 그 말에 동의하여 그렇게 시행되었다. 이제는 윗분들로 하여금 아래 사람들이 불편하게 하여서는 안 되는 세상이 된 것이다. 예전은 퇴임한 윗분들이 행사에 참여하면 자리를 빛내주는 것으로 하여 영광스럽게 생각하였지만 지금은 오히려 행사에 나타나 감 놓아라, 대추 놓아라. 하면 의전이 힘들어지니 귀찮게 여겨질 뿐이다.

웃어른을 꺼려하는 것은 노인들도 마찬가지이다. 퇴임 교원들의 모임인 삼락회에는 60대의 노인들이 별로 없고 70대와 80대가 주류를 이룬다. 60대에 입회하여야 선임자들께 심부름만 하고 짓눌려서 가고 싶지 않다는 것이다. 퇴임하면서까지도 왜 이렇게 상전을 모시고 살아야 하는 것이었다.

타향 벗 10년이라 하는데 며칠을 가지고 형님 대접을 받으려 하는가? 더욱이 군대의 계급이나 직장의 직급은 계급장 놀이처럼 끝나고 나면 모두 반납하고 인간 대 인간의 만남이어야 하는 것인데 그 계급장의 미련을 버리지 못하고 관속에까지 달고 가려는지 꿈속에서 헤어나지 못하고 장벽을 쌓고 사는 안타까운 사람들을 볼 수 있다. 이러한 대접은 상대가 자기를 인정하여 스스로 선배로 상사로 대접할 때만 가능한 것이지 상대는 그러한 마음이 없는데 내가 그것을 내세우며 대접을 강요하는 것은 고립을 자초할 뿐이다.

요즈음 즐거운 노년을 위하여 노인들이 지켜야 할 7 UP이 유행하고 있다.

첫째, (dress up) 날마다 장롱 속의 제일 좋은 옷을 꺼내 입는다.
둘째, (cheer up) 들어서 기분 좋은 말만 하는 것을 배운다.
셋째, (pay up) 남에게 돈을 베푼다.
넷째, (listen up, shut up) 잔소리는 줄이고 남의 말에 경청한다.
다섯, (clean up) 몸도 주위도 깨끗이 한다.
여섯째, (show up) 보고 싶으면 먼저 가고 먼저 전화하고 모임에 자주 나타난다.

일곱째, (give up) 예전 것을 많이 포기하고, 새로운 스타일로 변하려고 노력한다.

이러한 좋은 아이디어가 노인들의 자성에 의하여 이루어진 것이라면 청량제 seven up을 마시는 기분일 것이다. 그러나 젊은이들의 강요에 의하여 이루어진 것이라면 씁쓸한 여운을 남긴다.

지금의 일부 어른들은 불만을 토로할 것이다. "우리의 어린 시절은 자유롭지 못하게 부모님께 절대 순종하면서 성장하였고, 젊었을 때 가난한 살림에 어른들을 끔찍이 모시고 고생만 했는데 지금 우리 어른들은 자식 공부시키고, 손주들 뒷바라지까지 애프터 서비스하느라고 일생 허리 한번 펼 날이 없었다."고 호소하는 이들이 많다.

남에게 무엇을 받을 때보다도 베풀 때가 더 행복하다는 말이 있다. 준 것보다 받은 것이 많을 때 빚을 지고 산 인생이 아닌가? 내가 능력이 있을 때 조금 더 베푼다면 얼마나 훈훈하고 가슴이 뿌듯하고 살맛나는 세상이 되겠는가? 좀 밑지는 듯 살아가자! 가진 것이 없다고요? 환한 웃음, 사랑하는 마음까지야 없다고 할 수 있겠는가?

빠른 시대의 변화에 맞추어 가치관의 변천인 것을 홀로 남아 "아! 옛날이여!"외치며 살 아 갈 수 있겠는가? 고리타분한 옛날의 추억을 우려먹는 피곤한 옹고집 노인이 아니라 아래를 굽어살피어 아랫사람들에게 사랑을 베풀고 솔선수범하는 진정한 어른이 되자! 나이 들면서 변하여 적응하여야 한다. 잠자리 애벌레가 10~15번 허물을 벗고 예쁜 잠자리로 변신하여 창공을 마음껏 날을 수 있는 것이 아닌가?

제4부

두려워 말고 가라

사랑을 담아 영원으로

이 세상에서 가장 보배로운 것이 무엇일까? 그리고 무엇이 가장 소중한 것일까 곰곰이 생각하여 보았다. 글을 쓰더라도 좀 유익한 것을 소재로 삼아 써야 되겠다. 생각하면서 주제를 잡아 놓은 것이 "사랑을 담아 영원히"였다. 그러나 너무나 거창하고 나의 마음이 미천하여 이런 주제를 녹여낼 엄두가 나지를 않았다. 다른 주제는 설정하면 하루에도 몇 개의 원고를 썼지만 이 주제만은 써야 되겠다는 목표를 설정해 놓고 며칠을 끙끙거리며, 진도를 나가지 못하였다. 그러니 나의 수준이 여기에 닿지 않으니 좀 조잡스럽고 불충한 글이 될는지도 모르겠다.

퇴임하여 시간의 여유가 있어 내 삶을 뒤돌아본다. 복잡다단한 사회 속의 구성원으로 적응하며 살아가기 위하여 바삐 움직이지만 무엇을 이루려고 그토록 허둥거리며 살아가고 있는지 생각하여 보게 된다.

인류의 전 영역에서의 궁극적인 가치로 진(眞)(학문), 선(善)(도덕), 미(美)(예술), 성(聖)(종교)을 추구하며 어느 부분에 각자의 삶을 목표를 두고 살아가고 있을 것이다.

이 세상에서 가장 값진 것은 사랑이라고 생각한다. 사랑은 모든 것을 아우르며, 자기 하나의 가치추구가 아니라 남을 도우며, 영원성을 가지고 있기 때문이다.

사랑의 위대함을 깨닫지 못하고 자기 하나의 가치만 추구하였다면, 그 사람은 궁극적으로 성공한 사람이라고 할 수 없을 것이다. 사랑이 없다면, 모든 것이 헛되고, 헛될 것이다. 이 인류가 지탱하여 온 것도 사랑이 있었기에 가능하였을 것이다. 욕심에 찬 인간이 지금까지 명맥을 이어 온 것은 사랑의 효험이 있었기 때문일 것이다.

학교를 졸업한 학생들이 학생들의 머릿속에 선생님에 대한 생각은 수업을 어떻게 가르쳤는가보다는, 그 선생님의 학생들을 얼마나 열정과 사랑으로 대하였는가 하는 인간성만이 남는다고 한다. 한 나라의 대통령이 일 중독에 빠지도록 일을 많이 하여도 진정 국민들을 사랑하고 나라를 사랑하는 마음이 결여 되었다면 성공한 대통령이 되지 못할 것이다.

기독교의 본질은 사랑이다. 사랑이 없다면 아무 소용이 없다. 이웃을 위하여 자기 목숨을 버리는 것보다 더 큰 사랑은 없다. 나는 이것만으로도 예수님은 참 하느님이시며, 인간성을 뛰어넘는 위대함을 가지셨다고 승복하게 된다.

사랑의 실천이 어렵기에 남녀의 사랑에서 자녀의 사랑으로 연결고리가 되었다. 쓴 약에 달콤한 설탕을 입혀 당의정을 만들어 먹듯이 혈연으로 만이라도 사랑을 느끼고 실천하도록 하느님께서 만드셨다고 생각이 된다.

하느님의 인류에 대한 사랑을 말하기 전에 인간의 사랑마저 느끼지 못하면서 하느님의 사랑을 운운하는 것은 거짓이라고 생각된다. 이 세상에 이들 혈연관계의 기본적인 사랑마저 없었다고 생각하면, 인류는 지금까지 지탱하여 오지 못했을 것이다. 어려운 역경에서도 살아가려 하고, 살아남은 것은 사랑하는 애인이 있었고, 사랑으로 연결된 가족들이 있었기에 가능한 것이다. 그렇지 않으면 자살자들은 엄청 늘어났을 것이다.

그러기에 요즈음 특별한 사정없이 삶이 힘들어 결혼하지 않고, 가정을 갖지 않으며, 자녀를 낳지 않는 것은 이기주의며, 인간으로서의 최소한의 수련을 쌓지 않아 불완전한 삶으로 인간이 성숙되지 않은 채 끝나는 것이 아닌가 생각한다. (이 세속의 사랑을 뛰어넘는 더 큰 사랑을 실천하고 있다면 모르지만)

"내가 인간의 언어와 천사의 언어로 말한다 하여도 나에게 사랑이 없으면 나는 요란한 징이나 소란한 꽹과리에 지나지 않습니다. 내가 예언하는 능력이 있고 모든 신비와 모든 지식을 깨닫고 산을 옮길 수 있는 큰 믿음이 있다 하여도 나에게 사랑이 없으면 나는 아무것도 아닙니다. 내가 모든 재산을 나누어 주고 내 몸까지 자랑스레 넘겨준다 하여도 나에게 사랑이 없으면 나에게는 아무 소용이 없습니다."(코린토 1서 13 ; 1-3)

'계명 중에 가장 중요하고 큰 계명이 무엇입니까?' 이 질문에 주님이 분명한 대답을 하셨습니다."네 마음을 다하고 목숨을 다하고 뜻을 다하고 힘을 다하여 주 너의 하느님을 사랑하라 하신 것이요, 둘째는 이것이니 네 이웃을 네 몸과 같이 사랑하라 하신 것이라 이에서 더 큰 계명이 없느니라." 주님의 말씀을 요약하면 가장 큰 계명은 하느님을 사랑하는 것이요, 둘째는 사람을 사랑하는 것이라는 말씀입니다. 한마디로 계명의 핵심은 사랑이라는 말씀입니다. 모든 신앙생활의 핵심이 사랑 속에 있다는 말씀입니다. 성령의 첫 번째 열매도 사랑이라고 바오로 사도는 말씀했습니다.왜 이렇게 사랑이 귀중한 것일까요? 예수님은 왜 사람은 사랑하며 살아야 한다고 말씀하시는 것일까요?

이웃 사랑의 구체적 표현의 최고봉은 무엇일까요? 그것은 영혼 구원입니다. 아무리 물질적으로 도움을 주고, 인간적으로 대우를 해주고, 그 무엇을 함께 해 주었다 해도 결국 그 영혼이 멸망한다면 그 무슨 의미가 있겠습니까? 영혼 구원과 바꿀 수 있는 것이 무엇이겠습니까? 그러므로 이웃 사랑의 구체적 표현은 영혼 구원으로 귀착되는 것입니다.

죽음을 쳐 이기는 것도 사랑만이 가능할 것입니다. 육신은 죽어 없어져도 사랑만은 영원히 남을 것이다. 그러므로 나는 사랑을 실천하고 담는 자만이 영원히 사는 하느님 나라의 영원성을 부여받을 것이라고 생각합니다. 이보다 더 중요한 것이 어디 있겠습니까?

수학에서 이다. 이 지구가 무한히 계속된다면(무한히 까지는 아니더라도 1만년 정도만 더 간다 하더라도) 길어야 100년이 조금 넘는 분자의 유한한 인생은 모두 똑같이 0이 되고 만다. 특히 100살을 살던, 1년을 살던 무한성에 비교하면 아무 의미가 없고 도토리 키 재기가 되고 마는 것이다. 조금 더 살고, 조금 일찍 죽는 것을 가지고 일희일비할 것이 못 되는 것이다. 영원히 살지 않으면, 모두가 0이 되는 것이기 때문이다.

이 지상에서 영원성을 부여하는 것이 사랑이다. 영생의 숨겨진 보물이 사랑이라고 생각한다.

자기의 죽음을 방비하기 위하여 생사람을 생매장하며, 위용을 부리던 진시황은 지금 어디에 가 있으며, 그 위용이 지금에 와서 무슨 소용이 있겠습니까? 영원성이 없으면, 부질없고, 헛되고 헛된 것일 뿐이기 때문이다. 하느님을 모르는 북한의 장성들이 가슴에 훈장(깡통 조각)을 달고 거들먹거리며 나온 저들이 나의 눈에는 한없이 측은해 보일 뿐이다. 저들이 풀잎에 맺힌 이슬이 햇볕에 사라질 때에, 나는 그 이슬이 다이아몬드처럼 빛나는 것을 꿈꾸며, 희망에 벅차 있기에 저들이 가련해 보일 뿐이다.

삶의 최고가치 이웃을 내 몸처럼 사랑하여 영생(영원)의 길로 갑시다!

역발상

퇴임하여 양복바지보다는 등산용 바지를 자주 입다 보니 등산용 바지를 자주 세탁을 맡기게 된다. 그때마다 허리띠를 분리하였다가 다시 부착하여 입게 된다. 그때 허리띠의 버클인 머리는 조금 크고 바지의 띠를 고정시키는 벨트 고리는 폭이 좁아서 허리띠의 탈부착이 여간 힘든 것이 아니었다. 왜 이렇게 탈부착이 힘들게 만들었을까? 고리 폭을 조금만 더 여유 있게 만들었어도 이토록 힘들지는 않았을 텐데 하면서 짜증이 났다. 고리의 폭이 좁은 것은 등산처럼 요동이 심한 곳에서는 허리띠가 고정되어야 힘을 받고 더 안전하기에 그렇게 만들었는가 보다.

탈부착을 쉽게 하는 어떤 방법이 있겠지 하면서 곰곰이 생각하여 보았다. 원초적으로 되돌아가서는 안 된다고 생각하였던 것을 허물고 발상의 전환을 하여 보기로 마음먹었다. 그래서 통과 못 하는 버클의 머리를 과감히 띠에서 분리하기 위하여 띠를 두 번 꺾어서 돌리니 쉽게 버클이 빠졌다. 버클을 뺀 한쪽 끝 띠를 가지고 오므려서 끼우니 쉽게 빼고 끼울 수 있었다. 간단한 것이지만 역발상으로 퍼즐을 하나 푼 것처럼 흐뭇하였다.

나는 이미 누군가에 의하여 알려져 터득한 것은 노력하고 연습을 통하여 익혀서 따라가는 것은 그럭저럭 하는데, 창의적으로 새로운 것을 하는 것은 어설프기만 하다. 그래서 떠도는 말처럼 눈썰미가 부족한 나는 소소한 가사일 하는 것이 더디고 일이 굼뜨다. 그러다 보니 일의 속도가 늦고, 뒷마무리가 깔끔하지 못하고 무엇인가 항상 뒷마무리가 꺼림칙하였다.

이 세상에는 고정관념에 사로잡혀 남들이 당연하다고 생각하는 것을 뒤엎고 새로운 발상(역발상)으로 발상의 전환을 꾀하여 계속 발전하여 온 것이다. 당연히 높은 데서 아래로 떨어지는 사과를 보고 만유인력의 법칙을 발견한 뉴턴, 역발상적인 생각이 담겨져 있는 '콜럼버스의 달걀'을 대부분 알고 있을 것이다. 신대륙을 발견하고 돌아온 그를 시기한 나머지 사람들은 '누구나 할 수 있는 일이다'라고 비아냥거렸다. 그러자 콜럼버스는 사람들에게 달걀을 세워보라고 했다. 다들 낑낑거리며 세워보려고 했지만 아무도 성공할 수 없었다. 보다 못한 콜럼버스가 달걀의 한쪽 끝을 조금 깨뜨려서 세웠고, '신대륙의 발견도 이와 같다'고 하였다. 남이 이루어 놓은 것은 쉽지만 처음 그러한 것을 생각하는 것은 참으로 어려운 것이다.

'콜럼버스의 달걀' 이 의미하는 바는 너무나 자명하다. 우리에게 '생각의 전환' 을 요구하는 것이다. 그가 살았던 당시에는 대다수의 사람들이 지구는 평평해서, 계속 항해하다 보면, 세계의 끝에 도달하고 거기서 끝없는 절벽으로 떨어진다고 믿었다. 그러나 콜럼버스는 '지구는 둥글다' 고 믿었고, 자신의 믿음에 따라 고난과 역경을 딛고 신대륙을 발견했다. "이렇게 하면 누군들 못하겠는가?"하고 말하였지만 그런 생각이 떠오르지 않았던 것이다. 이 작은 생각이 신대륙을 발견하여 새로운 시대를 열었다. 엉킨 실타래를 풀라는 문제에 아무도 풀지 못할 때 알렉산드로스 대왕은 칼로 그 실타래를 싹둑 잘라서 풀 수 있었다. 남이 한 것은 쉬워 보이지만 그 선을 넘어가면 안 된다는 고정관념 때문에 그 간단한 것을 다른 사람들은 찾지 못하였던 것이다.

병을 예방하는 백신약이 균이나 독소를 약화시킨 사체나, 배설물 등 약한 독소를 우리 몸에 넣어주어서 면역력 키워서 병을 예방시키는 것이다. 독을 빼내는 것이 아니라 역설적으로 독을 넣어주어서 우리 몸이 이기는 힘을 키우도록(면역력) 하여 병을 물리치는 역발상인 것이다.

대개 많은 퍼즐 문제들이 남들이 정상적인 생각으로 보면 해결이 안 되는 경우가 많다. 그러나 엉뚱한 방향으로 바꾸면 간단히 풀리는 경우가 많다. 이때 『아하!』 하면서 생각을 반대로 하였다면 쉽게 되었을 것이란 것을 알게 된다.

나는 장기를 좋아한다. 장기를 배열하여 놓고, 내기로 풀어보라고 하는 것을 박보(박포가 아님)장기라 한다. 섣불리 덤벼든 대부분의 사람들이 패하게 되어 있다. 왜냐하면, 이기기 위해서는 정상적으로 가서는 안 될 길을 가야만 하는 외나무다리의 아슬아슬한 역발상의 과감 한 모험을 계속하여야 하기 때문이다. 장기에선 車를 죽이는 것은 장 기를 포기하는 것이나 다름없는 것인데 車, 包 등 막강한 기물을 희생 해야만 그 대가로 단 한 개의 길이 열리게 되니 대부분의 사람들은 주 저하게 되고 다른 길을 택함으로써 패하는 함정으로 접어들도록 만들 어져 있는 것이다. 이를 만든 사람들은 사람들의 심리를 잘 꿰뚫고 이 런 재미있는 것을 만든 것 같다.

서슬이 시퍼런 왕권에 어느 누가 감히 도전하겠는가? 그러나 이단자 와 같은 사람들에 의하여 사회는 점점 밝아졌고 민주화의 길로 접어들 었고, 역발상의 요소를 많이 가진 사람들은 괴짜들일 것이다. 이들은 정상적인 이 사회에 힘들게 살았지만, 빛을 남긴 사람들이었고, 이들에 의하여 세상은 다른 밝은 면을 볼 수 있었다.

이 세상의 위대한 발명과 발견은 전통 고정관념을 무시하고 엉뚱하 다고 생각하는 데서 출발한 것이다. 그 시대의 사조에 반하는 새로운 생각을 가졌던 사람들도 혁명적인 변화로 세상을 밝혔지만 그 자신들 은 외롭고 비참한 삶을 살았다. 엉뚱하여 인정받지 못하고, 따라 주는 사람들이 없었기 때문이다. 그러나 그 위대함은 몇 세기를 지내면서 증 명이 되고 그 진가를 인정받게 된 것이다.

성경에는 역설적인 이야기가 많이 나온다. 잘못된 사회를 개혁하면 서 하느님 나라를 전달하자니 역발상의 좋은 말씀들이 들어 있는 것 같다. 『~이처럼 꼴찌가 첫째가 되고 첫째가 꼴찌가 될 것이다.(마태 20.16)』 『부자가 하늘나라에 들어가는 것보다 낙타가 바늘귀로 들어

가는 것이 더 쉽다.(루카 18.25-26)』 지상에서 추구하는 우리들의 최상의 명제와 하느님의 생각은 많은 차이가 있는 역발상인 것 같다. 더 나아가 『자기 목숨을 사랑하는 사람은 목숨을 잃을 것이고, 이 세상에서 자기 목숨을 미워하는 사람은 영원한 생명에 이르도록 목숨을 간직할 것이다. (요한12.24-25)』 평범한 대부분의 사람들은 평온한 길을 파괴하고 죽음의 험난한 길을 걸으려고 하는 사람들은 없을 것이다. 그러나 이 길로 가야만 새로운 길이 열릴 것이다.

우리의 태어남도 어머니의 뱃속 양수에서 10개월간 잘 있다가 탯줄을 끊고 험난한 세파에 나온다는 것은 역설적인 변화일 것이다. 그러나 이런 파격을 거쳐야 광명한 긴 세상을 보게 되고, 그 세상의 끝인 죽음이 끔찍하더라도 이 과정을 거쳐야 영원으로 접어들게 되는 것이 아닌가?

예수님은 그 시대의 역설가이시며, 위대한 혁명가라고 생각된다. 그러기에 시대의 온갖 저항과 가시밭길은 예고되어 있는 것이다. 막강한 기득권의 세력들이 부당한 모든 것들을 내려놓으라고 하시니 이를 받아들일 리 없는 것이다. 하느님이 아니시면 캄캄한 그때에 그런 멋진 생각들이 있을 수 있겠는가?

내 안의 묵주 기도

나는 무엇이든지 한번 시작하면 끝장을 보아야 하는 집요함 때문에, 무슨 일이든지 성취되는 좋은 점은 있지만, 끝 모를 거대한 직장의 일은 몸을 상하게 하여 병에 걸리기 딱인 체질이었다. 병약한 체질에 이런 고약한 성질 때문에 해결되지 못할 일로 나는 많은 병을 앓아 왔고, 심한 경우는 생사를 넘나드는 경우도 있었다.

그럴 때마다 자연히 주님께 매달렸고, 묵주를 잡았다. 주님의 말씀인 성경도 집필자에 따라 색채가 가미되어 다르듯이 묵주의 기도도 내 안에서 받아들이는 것이 내 안에 색깔로 정착되는 것을 부인할 수 없다. 그러므로 같은 신앙이라도 받아들이는 그 시대와 국가에 따라서 조금씩은 그 양상이 다름은 피하지 못할 것이다. 오랜 출애굽 구약의 역사가 짧은 내 삶 안에서도 흥망성쇠로 몇 번씩 뒤바뀌면서 일어나지만, 주님 향한 큰마음의 요동이 없음은 항구 여일한 몇십 년간의 묵주기도의 은총에 기인함을 부정할 수 없다.

전능하신 하느님인 주님께 드리는 흠숭지례와 피조물 인간인 성모님께 드리는 상경지례와는 견줄 수 없는 전혀 차원이 다르다. 다만 예수님을 낳으신 어머님으로서 공경받아져야 한다는 것은 당연한 것이다. 나의 묵주기도도 그러한 뜻에서 받쳤다. 예수님께서 가나안 잔치에서 성모님의 부탁으로 물을 포도주를 만드시는 첫 번째 기적이 이루어졌듯이 성모님이 간구하는 기도를 들어 주시리라 믿는다. 가나안 혼인잔치에서 "예수님의 어머니께서 포도주가 없구나." 하였다. 예수님께서 어머니에게 말씀하시었다. "여인이시어, 저에게서 무엇을 바라십니까? 아직 저의 때가 오지 않았습니다."(요한2.4-5) 예수님의 본뜻은 아니지만 어머니인 마리아의 요청으로 예수님이 들어주시는 모습이 잘 나타나 있는 것 같다. 이러한 모습을 그려보면 나도 절박한 때마다 성모님을 통한 간절한 기도를 드렸고 그 기도를 들어주셨다고 확신한다.

나는 신앙을 가지면서도 이지적이고, 합리성이 강하여 미신은 말할 것도 없고, 비합리성이 허용되지 않는 나이기에 묵주에서 신적인 효험을 바라지는 않았다. 그리고 다른 잡념에 빠지면서 입으로만, 기계적으로 기도문을 외운다는 것이 썩 마음에 내키지는 않았다. 그러나 장구한 세월 동안 묵주기도를 바치면서 병에 대한 건강은 뜻한 대로 모두 이루어졌고, 다른 일들도 뜻한 대로 거의 이루어졌다. 달리 생각하면 하기야 죽지 않고 살아 있으니 병이 나아 있을 것이고, 그토록 간절한 마음으로 오래도록 염원하였으면, 지성이면 감천이란 말로도, 정신학적으로 피그말리온 효과처럼 나의 최면으로도 이루어졌을 것 같은 것이다. 염력, 텔레파시 그러나 이것은 그 이상인 것이 나에게는 확신을 가지면서 나를 지배하게 되었다. 특히 나 자신보다도 남을 위해서 기도할 때 더 잘 들어주셨던 같다. 나와 마찬가지로 기도를 받은 저들도 죽지 않았으니 살아 있을 수밖에 없겠지. 더러는 기적에 가까울 정도로 더 오래 살다가 사망한 사람들도 있었다. 그러나 나의 조그마한 기도로 한 생명이 낫는다면 내가 왜 이 기도를 소홀히 할 수 있겠는가? 신앙은 믿음인 것이다. 있는 우주도 믿음이 없으면, 없을 수 있고 없는 우주도 내 마음에 있으면, 만들어 낼 수 있지 않은가?

성모님은 세계 도처에 나타나시어 기도를 당부하시었다. 성모송은 앞부분은 루카 1.28절에 대천사 가브리엘이 마리아께 축하 인사를 한 일과 중간 부분에는 (루카2.4-5.에서) 세례자 요한의 어머니 엘리사벳이 마리아께 인사드리러 온 일과 마지막 후렴구는 15c경 프란치스코에서 삽입한 것이라고 전해진다. 성모님께서 성모 발현지마다 세계 평화를 위하여 눈물을 흘리시면서 죄를 회개하고 세계 평화를 위하여 기도하라고 당부하시었다.

나는 이제 일상으로 묵주기도를 하지 않으면 불안할 정도로 생활의 일부분이 되었다. 짧은 하루에서 매일 1시간 이상 기도의 시간을 낸다는 것이 수도자가 아니고서는 힘들다. 그러기에 조금 산만하지만 차선으로 산책을 하면서 묵주의 기도를 드리게 된다. 산책하면서 아는 사람을 만나면 대화로 기도가 단절될까 봐 그냥 지나치는 경우도 있다. 이러다가 중얼중얼 거리면서 가는 나를 실성한 사람으로 보면 어떻겠는가 하는 생각도 들었다.

심약한 나로서 전신마취의 수술을 받을 때 더 간절히 묵주를 잡게 된다. 수술을 앞두고 마음이 왜 이다지도 작아지는지 주체가 안 된다.

태풍 앞에서 두려움에 떨던 베드로가 질책받은 것처럼 삶에 대한 지나친 애착과 연민이 신앙인으로서 좀 부끄러워진다. 수술실 마지막까지 묵주를 잡고 드러누워 캐리어에 실려 가다가 가지고 있던 묵주를 둘 곳은 환자복 상의 주머니 한 곳뿐이다. 수술이 지나고 몇 시간이 지나서 정신이 돌아와 묵주기도를 하려고 찾으면 상의를 갈아입으면서 미쳐 묵주를 챙기지 못하여 세탁실에서 없어진 경우가 여러 번이다. 잘 길들려진 묵주이므로 찾으려 시도하였지만, 요란을 떨기 곤란하여 송두리째 기도와 더불어 묵주까지 바치고 말았다.

묵주를 오랜 기간 사용하다 보면 철사 매듭 고리가 늘어나면서 묵주알이 빠져나오기도 한다. 그리고 외국여행에서 값비싼 구슬로 된 묵주는 겨울에 차갑고, 부피가 커서 한 손아귀에 들어오지 않고, 쩌그럭 거리는 소리가 나서 사용하지 않는다.

소리 나지 않게 실로 되어 있고, 너무 작지도 않으며, 매듭의 구별이 잘되며, 한손에 들어와 다루기 편한 내 마음에 드는 딱 맞는 묵주는 찾기 힘들다.

지난번 조건에 맞는 묵주가 보여서 구입하였더니 염색이 잘 안 되어 땀에 염색이 계속 묻어 나온다. 수도사도 아닌 내가 큰 기도나 하는 것처럼 요란스럽게 남의 눈에 띄게 하는 것은 싫다. 남의 눈에 뜨이지 않게 하고, 소리 나지 않게 하며 고리가 늘어나지 않는 묵주가 최상이다.(소리는 나지 않지만 입 안에서 혀를 굴리는 것이 더 집중하여 잡념을 줄일 수 있고, 치매 예방에도 도움이 될 것 같다.) 나는 화려한 구슬도 싫고, 장식도 싫다. 카운트 그 본래의 기능만 잘하면 된다.

값을 떠나서 이런 실용적이고 값싼 묵주가 유럽 여행할 때 여러 개를 구입하였다.

언젠가 짬을 내어서 묵주기도를 하면서 걷고 있었다. 그런데 지나가던 모르는 사람이 나에게 미소를 지으면 정중히 인사를 하고 지나친다. 아마도 내가 수사나 성직자로 비추어졌던 것 같다. 어느 날은 지나가던 사람이 나지막한 목소리로 "남자도 다 기도를 하네."하였다. 성당을 조금 아는 사람인 것 같다. 워낙 남자들이 기도를 안 하다 보니 신기하게 보일 정도였던 같다. 아마도 천국에는 여자들로 꽉 차 있지 않을까 생각한다.

열심인 분들은 하루에도 몇백 단을 바친다는데, 잠시 산술적으로 계산을 하여 본다. 보통 5단 바치는데 20분, 1시간에 15단 바친다고 볼 때 하루 종일 8시간 기도만 한다 하여도 120단을 넘지 못한다. 하루 100단이 넘어가는 기도는 집중도가 떨어지고 건강에도 무리가 될 것 같다. 해외여행 중 며칠간 묵주기도를 하기 어려울 것을 감안하여 비행기 탑승시간 동안 3시간(45단)을 바치고 나니 어지러워 더 이상 바치는 것을 중단하였다.

주님께서 오른손이 하는 것을 왼손이 모르도록 하라고 하시었는데 이렇게 큰 기도나 하는 것처럼 떠벌리는 것이 마음에 걸리기도 한다. 내 삶에 있는 그대로 잡념이든, 걸어가면서 든 오롯이 초라하지만 성모님께 봉헌하고 싶다. 나는 이미 내 마음에서 떨쳐낼 수 없는 내가 느끼는 현존하는 작은 기적을 체험하면서 내 안의 기도를 바치며 살아가고 있다.

두려워 말고 가라

고등학교를 졸업한 지 50년이 넘었지만 고3 때 국어 선생님이셨던 담임 선생님 말씀이 생각난다. 수필영역의 『페이터의 산문(이양하 저)』을 배울 때의 말씀이다. “여러분들, 이 글은 너무도 잘된 글이고 마음을 편안하게 하여 주는 글이므로 졸업 후 책을 버리지 말고 괴로울 때 두고두고 읽어 보면 마음의 평정을 얻는 글이니 소중히 간직하고 읽어 보라.”고 말씀하시었다.

그 후 나는 이글을 여러 번 읽어서 문장이 암기할 정도로 많이 읽고 그 글에서 위안을 받았지만, 그때 젊은 나이였기에 죽음에 대한 내용이 그리 실감이 나지 않았다. 나이 70이 넘어 옛 생각이 문득 떠올라 책을 찾으니, 잦은 이사에 학창 때까지의 책이 남아있을 리가 없었다.

그러나 참으로 편안한 세상에 안 될 것이 없었다. 컴퓨터의 인터넷에서 “페이터의 산문”을 치니 본문과 더불어 저자의 약력과 글의 평가와 해설까지 자세히 들어 있었다. 본문을 찾아 몇 번이고 다시 읽어 보았다.

"~ 사후의 칭찬받기를 바라거든, 후세에 나서, 너의 위대한 명성을 전할 사람들도, 오늘같이 살기에 곤란을 느끼는 너와 다름없는 것을 생각하라.

~ 너는 마치 그들이 영원한 목숨을 가진 것처럼, 미워하고 사랑하려고 하느냐? 얼마 아니 하여서는 네 눈도 감겨지고, 네가 죽은 몸을 의탁하였던 자 또한 다른 사람의 짐이 되어 무덤에 가는 것이 아닌가? ~바닥모를 심연은 바로 네 곁에 있다.

~ 베틀에 몸을 맡기고, 여신이 너를 실 삼아 어떤 베를 짜든 마음을 쓰지 말라.

~ 너의 금은은 흙의 잔사에 지나지 못하고 너의 명주옷은 벌레의 잠자리, 저의 자포는 깨끗지 못한 물고기 피에 지나지 못한다.

~ 죽음 자체를 직시한다면, 죽음이란 자연의 한 이법에 지나지 아니하고, 사람은 그 이법 앞에 겁을 집어먹는 어린애에 지니지 못하는 것을 알 것이다. 아니, 죽음은 자연의 이법이요, 작용일 뿐 아니라 자연을 이롭게 하는 것이다.

~ 아직 5막을 다 끝내지 못하였다고 하려느냐? 그러나 인생에 있어서는 3막으로 극 전체가 끝나는 수가 있다.~"

구구절절 어떻게 이렇게 잘 표현하였는지 오랜 숙고와 번민 속에서 숙성되어 나왔을 것이다.

인생을 좀 더 관조한 지금에서 받아들이는 감흥이 더 진지하고 가슴에 와 닿았다. 격정의 파도가 가라앉는다. 거대한 자연 앞에 일희일비하는 것이 부질없음을 느낀다.

초등학생 때 "딱지 따먹기"가 큰 재산이나 되는 것처럼 마음을 사로잡던 때가 있었다. 지금 생각하여 보면 아무것도 아닌 것을 지금 우리의 삶도 마찬가지이겠지. 체념이 아니라 욕심을 버리는 것이 이글어진 나의 마음의 평정을 회복하는 것 같았다.

신앙을 가진 나로서는 처음 이 글을 읽을 때는 "아무런 방책과 제시도 없이 아무것도 모르는 미지의 세계라는 절벽으로 떨어지는데 무조건 이별에 순응하라고 순응이 되겠는가? "라고 꿈틀거리는 거부가 있었지만 오히려 저자는 하느님의 사랑을 믿고 하느님께서 그냥 내버려 두지 않을 테니 아무리 발버둥 쳐야 조금도 나아질 것이 없는데 그냥 잠자코 하느님 손에 맡기라는 큰 믿음의 신앙이 자리하고 있었던 같다.

겸허히 현실을 받아들이고 순응할 때 마음의 평화가 온다는 절대자에 귀의하는 모습이 깃들여 있는 것이라고 생각된다.

매미의 물장구 애벌레가 몇 번의 번데기와 고치를 벗고 어엿한 매미로 거듭나듯이 큰 변화만큼 멋진 다른 곳으로 옮겨 가는 것처럼 이루어질 것이다.

인간의 영역을 뛰어넘는 것을 고심한다고 되는 것이 아닐 것이다. 오히려 "진인사대천명(盡人事待天命)(인간의 노력을 다하고 하늘의 뜻을 기다리는 것)이 필요한 것이리라."는 것을 깨달으니 마음의 평정을 회복하는 것 같았다.

사족을 달자면 "두려워 말고 가라! 영원히 행복한 미래가 열릴 테니"

"개똥밭에 굴러도 저승보다 이승이 낫다." 아마도 존재가 비존재로 변하는 것이 두려워서 하는 말들인가 보다. 변화의 길목에는 두려움과 그에 따른 고통이 있었지만, 새로운 세계로 가는 과정이었다. 이 저자는 이러한 확신으로 "두려워 말고, 가라"라고 자신 있게 말한 것 같다.

"밀알 하나가 땅에 떨어져 죽지 않으면 한 알 그대로 남고, 죽으면 많은 열매를 맺는다. 자기 목숨을 사랑하는 사람은 목숨을 잃을 것이고, 이 세상에서 자기 목숨을 미워하는 사람은 영원한 생명에 이르도록 목숨을 간직할 것이다."(요한 12,24,25)

엉뚱한 가정假定

있지도 않은 것을 가정하여 논하는 것은 소모적이고 부질없는 일이라고 할런지 모르지만 나는 신앙을 가지면서 항상 던지고 싶었던 질문이 3개 있었다. 그것은 좁은 인간의 머리로는 이렇게 하면 간단한 것을 왜 하느님이 이토록 사랑하는 인간에게 어려운 과제를 주셨을까 하는 것이다. 그 질문을 여기에 던지고자 한다.

첫째 질문은 주님께서 우리 인간들에게 주어지 가장 큰 계명은 서로 사랑하라는 것이다. 네 이웃을 내 몸과 같이 사랑하라는 것이다. 너무나 아름다운 말씀이며, 성경의 말씀은 구구절절 사랑을 외친 것으로 하느님의 정신은 박애라고 할 수 있을 것이다. 그러나 또한 실행하기가 참으로 어려운 것이다. 우리가 엇비슷하게 이 말씀에 조금 근접하는 것은 부모와 자식의 혈연으로 맺어진 경우에는 이런 아름다운 모습이 비출 때가 있다. 치사랑의 경우보다는 내리사랑의 경우에서 거의 본

능에 가깝게 나타나곤 한다. 그러나 그 밖의 인류애의 발휘로 더러는 숭고한 인간의 사랑을 보는 경우도 있지만 거의 드문 경우로 보아야 할 것이다. 동물이 약육강식으로 경쟁에서 남을 이겨야 내가 살아남는 세상이므로 남의 불행을 보는 것이 나의 행복을 보는 세상이 되어 있는 것이다.

이 세상의 모든 사람이 부모와 자식의 혈연처럼 얽혀 있다면 사랑하지 말라고 하여도 서로 사랑하였을 것이다. 그리고 남의 아픔이 나의 기쁨이 아니라 고통이 되었을 것이다. 시기와 질투 그리고 전쟁은 사라질 것이다. 여기서 나는 "서로 사랑하라"는 난제를 주님이 애초에 인간들이 서로 사랑할 수밖에 없도록 얽혀서 묶여져 태어났더라면, 간단히 해결될 것을 전능하신 하느님이 어렵게 문제를 풀도록 하였을까 하는 것이다. (모든 인간이 부모와 자식처럼 모두가 얽혀져 있다면 그만 좀 사랑하라고 하여도 서로 사랑하였을 것이다.) 이렇게 말하면 혹자는 말할 것이다. 이렇게 억지로 사랑하게 만들어져 있으면, 그것은 아무런 공로가 되지 않고 값어치가 없다고 말할 것이다. 자유의지를 가지고 의도된 선행을 하여야 공로가 된다고 말들을 할 것이다. 그래도 증오하는 것보다는 훨씬 낫지 않은가?

둘째 질문은 왜 모든 생명체가 다른 소중한 생명체를 먹어야 살아갈 수 있도록 만들었는가 하는 것이다. 무생물, 무기물을 섭취하도록 하면서 살아갈 수 있도록 만들었다면 애처롭게 살려고 발버둥 치는 약자를 잡아먹지 않았을 것이다. 그리고 무기물 섭생으로만 살아갈 수 있었다면 식량 걱정도 없고 따라서 이세상의 범죄도 줄어들었을 것이다.

살아가려고 발버둥 치면서 온갖 노력을 다하는 동물들의 목숨을 빼앗아야만 생명을 유지하게 만든 것이 하느님의 본성에 맞는지 좁은 인간의 머리로는 납득이 가지 않기 때문이다. 자연에는 보호색 등 생명체가 살기 위해 발버둥치는 것이 있는가 하면 잡아먹기 위하여 잘 발달된 기관이 있다. 이런 방패와 창을 하느님이 함께 만들었겠는가 하는 이해할 수 없는 생각이 든다. 기독교에서는 인간 이외의 다른 생명체는 하느님이 인간을 위해서 베풀어 주신 것이므로 마음대로 부리고 향유할 수 있도록 하였다고 하여 거리낌 없이 생명체를 양식하여 잡아먹지만 동물 학대라는 인간의 본연의 심성에서 자유로울 수 없기 때문이다.

인간의 양심에서 어떤 때는 죄책감마저 들고 있으니 양심을 찬양하면서도 이런 양심은 잘못된 양심이란 말인가? 아무리 동물을 인간이 향유할 수 있다고 하지만 "차마고도" 무역에서 나귀 등에 나귀 무게와 맞먹는 무거운 짐을 싣고 수백 리의 돌부리의 산악 길을 굽이 다 갈라지도록 입에 거품을 품고 허덕거릴 때 채찍도 모자라 작은 돌을 주머니에서 꺼내어 때리는 것을 볼 때 이것은 아닌데 하는 본연의 마음이 들었다. 비생명체의 기계를 마음껏 사용하는 것은 아무런 애처로움이 없지만 생명체는 영혼이 없다고 하더라고 연민의 정이 가는 것은 지울 수 없다.

이렇게 말하면, 인간의 원죄 때문에 땀을 흘리고 고생을 하도록 되어 있다고 하여도 인간의 애잔한 심성은 지울 수 없다.

셋째 질문 인간은 원죄로 하여금 이 세상에 많은 죄악이 왔다고 한다. 인간의 흉악스런 마음을 유리창처럼 누구나 들여다볼 수 있게 창조되었다면 인간은 그나마 들통이 나거나 부끄러워서도 죄를 저지르려는 마음을 각자가 자제를 하지 않았을까 그리고 거짓과 가짜가 너무 범람하는데 이러한 것도 먹혀 들어가지 않고 자연히 정의로운 사회가 될 것이며, 진실의 공방은 없어질 것이다. 위선자들은 발을 붙이지 못할 것이며, 사이비 종교인들과 저질의 지도자들이 모두 사라질 것이다. 유리알처럼 속을 들여다보지는 못한다 하더라도 죄악을 저지를 때마다 이마에 뿔이 하나씩 솟아나거나, 점점 흉악하게 나타나고 반면 착한 일을 할 때마다 아름다워진다면, 선한 일들이 넘쳐났을 텐데… 하는 엉뚱한 생각을 하여 본다.

사랑이 넘치는 아름다운 세상을 갈망하며, 항상 서로 사랑하라고 말씀하시는 하느님 숙제를 원천적으로 간단히 해결할 수 있었을 텐데 왜 하느님은 이런 방법을 택하지 않으셨을까? 해도 해도 완전히 해결할 수 없는 많은 인간의 어려운 과제들을 힘 안 들이고 가벼이 해결할 수 있는 지름길을 놓아두고 하느님도 스트레스받으시고, 인간도 힘든 이런 상황이 되었는지 합리적인 것만을 추구하는 짧은 나로서는 평행선을 달리는 내 안의 질문이다. 이러면 자유의지 없이 택한 행동이 의미가 없고 공로가 되지 않는다고요? 이것 또한 인간의 범주 안에서 생각한 경쟁의 마음이 아닐까요.

이렇게 가정을 만들면, 이것뿐이 아니라 수없이 많을 것이다. 아무리 설명한들 하루살이가 어찌 내일이라는 말을 알 수 있겠는가?

언시言施

나이가 들어 곰곰이 생각해 본다. 돈 안 들이고 쉽게 남에게 봉사하며 베풀 수 있는 것이 없겠는가? 아래 무재칠시(無財七施)가 떠올랐다.

어떤 이가 석가모니를 찾아가 호소를 하였다.

"저는 하는 일마다 제대로 되는 일이 없으니 이 무슨 이유입니까?"

"그것은 네가 남에게 베풀지 않았기 때문이니라."

"저는 아무것도 가진 게 없는 빈 털털이입니다. 남에게 줄 것이 있어야 주지 뭘 준단 말입니까?"

"그렇지 않느니라. 아무 재산이 없더라도 줄 수 있는 일곱 가지는 누구나 가지고 있는 것이다."

첫째는 화안시(和顔施)

얼굴에 화색을 띠고 부드럽고 정다운 얼굴로 남을 대하는 것이요,

둘째는 언시(言施)

말로써 얼마든지 베풀 수 있으니 사랑의 말, 칭찬의 말, 위로의 말, 격려의 말, 양보의 말, 부드러운 말 등이다.

셋째는 심시(心施)

마음의 문을 열고 따뜻한 마음을 주는 것이다.

넷째는 안시(眼施)

호의를 담은 눈으로 사람을 보는 것처럼 눈으로 베푸는 것이요,

다섯째는 신시(身施)

몸으로 때우는 것으로 남의 짐을 들어준다거나 일을 돕는 것이요,

여섯째는 좌시(座施)

자리를 내주어 양보하는 것이고,

일곱째는 찰시(察施)

굳이 묻지 않고 상대의 속을 헤아려 알아서 도와주는 것이다.

여기에서 다 좋지만 나에게는 말로 확실하게 의사 표시를 하는 것이 효과가 크고 확실하지 않을까 하는 생각이다. "말의 예절은 몸으로 하는 예절보다 윗자리에 있다." "말 한마디가 천 냥 빚을 갚는다."라는 말로도 공감하는 말들이 많이 있다. 말은 말하는 사람 그 사람 자체이기 때문일 것이다. 성경에서도 "말씀이 사람이 되시어 우리 가운데 사셨다."(요한1.14)고 하셨다. 예나 지금이나 말로서 사화가 일어나고 정치판에서는 잘못된 막말로 평생을 쌓아 올린 탑을 무너뜨리고 도중하차 하는 경우가 허다하다. 말로서 다른 사람의 가슴에 비수를 꽂을 수 있는 경우가 허다하다.

더욱이 존칭도 있고, 반말도 있는 우리나라 말은 말하는 사람에 따

라서 상대방의 기분을 좋게도 하고 나쁘게도 한다. 왜 돈 안 드는 것에 인색할 필요가 있겠는가?

말로서 다른 이들에게 기쁨을 줄 수 있다면 될 수 있는 대로 존칭어를 쓰는 것이 좋겠다. 어느 날 후배가 암으로 갑자기 세상을 떠나게 되어 문상에 갔었다. 후배의 친구들이 술 취하여 시끌벅적하였다. 같이 늙어 가는 마당에 후배나 선배 서로가 얼굴을 알 수가 없었다. 거기 있던 후배가 술 취하여 나를 보고 "못 보던 얼굴인데 댁은 뉘시오."하고 혀 꼬부라지는 소리로 야릇한 하대조로 말을 건네 왔다. 재치 없고 반말에 익숙지 못한 나는"나는 누구인데 댁은 누구십니까?"라고 깍듯이 존칭을 쓰자 나를 후배인 줄 착각하고 거추장스런 앞, 뒤 말은 다 잘라먹고 하대말로 깔기 시작하였다. 다행히 나를 아는 후배가 그곳에 있다가 "선배님한테 그러면 되느냐?"는 면박을 받고서야 장면이 무마되었다. 집에 돌아와서도 마음의 동요가 쉽게 가라앉지 않고 자꾸 리바이벌되어 나를 고통스럽게 하였다.

대개 고위직에 있거나, 갑과 을 관계에 있는 사이에서 갑이 을에게 거드름을 떨면서 상처를 주는 경우가 많이 있다. 분노를 일으키게 하는 것은 직장에서 목줄을 쥐고 있는 상사가 모멸감을 느낄 정도로 비인격적으로 대할 때는 직장을 당장 그만 두고 싶을 것이다. 이럴 때 자주 쓰는 말이"목구멍이 포도청이 되어서 참는다."라는 말을 하곤 한다. 이런 면에서 어린이집이나 지도 선생님들이 말을 배우는 어린이들에게 "~요," 하면서 존칭을 가르치는 것은 밝은 사회를 위해서 참으로 좋다고 생각한다. 예전에 파란 눈의 외국 선교사들이 존댓말만 배웠는지 나이 어린 사람들에게 무조건 "~하세요.", "~하면 안 되십니다."라고 할 때는 듣기가 좋았다. 말씀하시는 분이 존댓말이라고 하는 것을 제대로 알고 하시는 것일까? 할 정도로 의심이 들면서 기분이 흐뭇하였다. 이런 말씀을 하시는 선교사가 낮게 보이는 것이 아니라 더 높게만 보이며, 교회에 가고 싶은 충동을 더 느끼게 하였다.

지갑은 얇아도 거금의 수표를 넣어 가진 것처럼 든든하고 우리를 자신 있게 하는 것은 세 치의 혀일 것이다. 이것은 단순히 중국 당나라 때에 관리를 등용할 때 기준으로 삼았던 것이 신언서판(身言書判)이라 한다. 이중에서 언(言)은 그 사람이 얼마나 말을 조리 있고 합당하게 품위 있게 하는가였다. 이것은 곧 그 사람 됨됨이를 측정할 수 있는 잣대였기 때문일 것이다.

지갑에 돈은 없어도 겸양한 말을 간직하고 다닌다면, 힘들거나 두려울 것이 없을 것이다. 부딪치는 사람 없이 남에게 훈훈함을 주고, 그로 인하여 따스함을 받으면서 든든하게 잘 적응해 갈 수 있을 것이다.

좋은 말이 어찌 혀만 나불거려서 이루어질 수 있겠는가? 얕은 계곡에서 흘러나오는 물이 청량감을 줄 수 있겠는가? 심심유곡의 아름드리 숲이 우거진 계곡에서 오랜 기간 흘러 내려오면서 정화된 물이 청량감을 줄 수 있을 것이다. 말 역시 오랜 기간 남에게 사랑을 실천하며, 선하고 아름답게 내면을 가꾸어 온 사람들에게만 생성될 수 있을 것이다. 이해타산이나 표를 얻기 위하여 거짓 사랑으로 감언이설(甘言利說)이나 사탕발림으로 현혹시키는 것은 배격되어야 할 것이다.

이렇게 보면 돈 안 드는 언시도 간단한 것은 아닌 것 같다. 제대로 된 언시는 평생 내면의 덕을 쌓아 가꾸어 내 온몸으로 드러내야 하는 것이다. 그러나 완성이란 생을 마칠 때까지도 이루지 못할 것이다. 그 때까지 기다릴 수는 없을 것이다. 살아가면서 우선 표양 만으로라도 예쁘게 단장하여 아름다운 말을 쓴다면, 싸움은 줄어들고 정감이 흐르는 흐뭇한 사회가 될 것이다.

이것에 반하는 것이 요즈음 정치가에서는 격한 말로 남을 비난하고 험악한 말을 하여야 인기를 얻는지 필리핀의 두테르테 대통령이 당선이 되었고, 미국 공화당 트럼프 대통령이 파문을 일으키고 있다. 우리나라의 막말 정치가들이 설치는 것은 제대로 된 사회라면 결코 오래가지 못할 것이다. 사회에 벌어지는 불화는 대부분 막말로 발생한다고 한다.

그렇기에 "침묵이 웅변보다 낫다."라는 말이 있는 것 같다. 매사 돈 타령만 하는 사회, 돈 안 들이고 이룰 수 있는 아름다운 언시를 부단히 노력하여 정감이 있고, 사랑이 넘치는 사회를 만들어야 할 것이다. 돈 안 들이지만 평생을 갈고 닦은 고양한 마음씨가 베어서 자연스럽게 흘러나와야 하니, 이것 또한 쉬운 것은 아닌 것 같다.

거짓과 진실

오늘 4월 14일 주님 수난 성지 주일이 되어 미사시간에 루카 복음 22장 14절~23장 56절까지 읽으면서 다음과 같은 생각이 문득 들었다.

혹자는 복음서가 거짓이니, 꿰어맞춘 것이니 하지만 오늘 이 복음만 보아도 진실성을 뚜렷이 느끼게 된다. 오늘의 복음을 보면 심리묘사며, 현장 장면을 그림을 보듯이 예수님께 죄목을 뒤집어씌우는 그 과정이 잘 나타나 있다. 우선 있는 그대로 썼다는 것이 나타나는 부분이다. 복음서가 거짓을 만들어 냈다면 빌라도가 군중들에게 물었을 때 군중들이 강도인 바라바를 풀어주고 예수님을 십자가에 못 박으라고 외쳐대는 장면을 기술하지 않거나 거꾸로 고쳐서 썼을 것이다.

(루카 23,4-5) 『빌라도가 수석 사제들과 군중에게 말하였다. "나는 이 사람에게서 아무죄목도 찾지 못하겠소." 그러나 그들은 완강히 주장하였다. "이자는 갈릴래아에서 시작하여 이곳에 이르기까지, 온 유

다 곳곳에서 백성을 가르치며, 선동하고 있습니다."』

다수인 군중들까지 등을 돌리는 그러한 비참한 모습을 쓸 리가 없었을 것이다. 그러나 이러한 부분이 역으로 더욱 성서의 진실성을 잘 보여주고 있었다. 앞에서부터 쭉 일관되게 예수님이 하느님을 모독하였다는 원로사제와 지도자들의 일치되는 분위기와 진술이 자연스럽게 일치를 이루고 있기 때문이다. 그래서 나는 오늘 이 대목에서 성경은 진실하게 썼구나 하는 것을 확실하게 깨달았다. 나는 몇 번이고 이 대목을 다시 읽어 보았다.

그리고 대다수라고 항상 진리이고 옳은 것만은 아니라는 것이 여기서도 들러난다. (루카 23, 18-19, 23, 21-22)『수석 사제들과 지도자들과 백성은 일제히 소리를 질렀다. "그자는 없애고 바라바를 풀어주시오.", "그자를 십자가에 못 박으시오! 십자가에 못 박으시오!"』 그릇된 다수가 진실한 소수를 무참히 짓밟아 진실을 호도하는 그릇됨이 예나 지금이나 항상 일어나고 있는 것이다. 잘못된 여론을 거짓 선전하여 거짓이 진실이 되고 진실이 거짓이 되는 현상이 도처에서 이루어지고 있다. 이것이 부당한 것도 다수의 국민들의 뜻이라고 둔갑하여 참의 증거로 삼으려는 발상은 참으로 위험한 모순인 것이다. 이것이 민주주의 위험성이 될 수 있는 것이다. 성경에서도 "양의 탈을 쓴 이리들"이라며, 거짓 선지자들의 말이 여러 군데 등장하고 있다.

다수가 항상 진리인 것만은 아닌 것이다. 역사가 진실인 것 같지만 역사는 승자의 기록이라고 말하지 않는가? 패자는 힘이 없으므로 역사는 승자의 뜻에 따라 기록되므로 패자는 악이고 잘못된 집단으로 치부되는 것이다. 그러므로 이 세상에서 참과 거짓은 진실을 밝히기가 참으로 어려운 것 같다. 어떤 경우는 진실이 영원히 묻히고 마는 경우도 있었을 것이다.

오늘날에도 공인된 재판에서도 유죄가 무죄로 바뀌고 있는 사례가 많이 있다. 이 또한 맞는 것인지도 의구심이 든다. 인간이 하는 일들은 사(私)가 끼여 진실을 그르치기 때문이다. 지난 과거는 그릇된 판단으로 형장의 이슬로 사라진 억울한 영혼들이 얼마나 많겠는가?

요즈음 세계 도처에 가짜뉴스(fake news)가 극성을 부르는 것 같다. sns의 위력이 막강하다 보니 정통하지 않은 유언비어가 뒤섞여 우리 사회를 혼탁하고 어지럽게 만들고 있다. 우리 몸의 미생물의 수(39조 개)가 몸 세포(32조 개)의 수보다도 더 많다고 한다. 우리 몸의 세균이 주인인지도 모르겠다. 우리 몸의 균을 없앨 수 없듯이 이 세상이 진실로만 이루어질 수 없는 것 같다. 우리는 거짓과 더불어 살아가야 하는가 보다.

학교에서 교장으로 근무할 때의 일이다. 연말에 교사들의 근무평정을 만들어야 하는데 현장의 확실한 의견을 알아보기 위하여 비밀리에 학생들에게 교사의 수업에 대한 만족도와 반응 등등 설문을 조사하여 보면 내가 본 것과 일치하는 경우도 있지만 결과가 정반대로 나타나는 경우도 있다. 교사가 교단에서 학생들에게 수업은 뒤로 미루고 사탕발림의 연애담이나 이야기하고, 더울 때 아이스크림이나 사주면서 노래자랑을 하면서 수업을 뒷전으로 하다가 시험 때는 시험 범위를 축소하면서 힌트를 주어 평균점수를 높인다. 이럴 때 잘못된 다수의 지지를 받으며, 인기가 높다. 그러나 이것은 거짓이다. 정치가들, 인간들이 살아가는 것이 이럴는지도 모른다. 무엇이 참인지 거짓인지 고개를 갸우뚱하게 된다.

두 번째로 생각해 볼 것은 막강한 권력을 가지고 있는 빌라도가 자기의 마음은 그렇지 않은데도 잘못된 군중의 다수의 힘을 거스르기가 어려워 예수님을 헤로데 관할로 넘겨보기도 하고 십자가형을 피하기를 내심 기대하지만 너무나 용기가 없고 나약하여 군중의 마음을 돌리지 못하고 끌려가는 안타까운 모습을 보게 된다. 이러한 것들이 인간들의 참모습인 것 같다.

(루카 23,22-25)『빌라도가 세 번째로 그들에게 말하였다. "도대체 이 사람이 무슨 나쁜 짓을 하였다는 말이오? 나는 이 사람에게서 사형을 받아 마땅한 죄목을 하나도 찾지 못하였소, 그래서 이 사람에게서 매질이나 하고 풀어주겠소.", 그러자 그들이 큰 소리로 예수님을 십자가에 못 박으라고 다그치며 요구했는데, 그 소리가 점점 거세졌다. 마침내 빌라도는 그들의 요구를 들어주기로 결정하였다.』

사건의 결정권이 있는 자가 소신 있게 그 책임을 이행하지 못한 죄를 지었다고 할 수 있을 것이다. 지금도 소신 없이 여론의 뭇매가 두려워 책임을 회피하기 위하여 각종 심의위원회를 두어서 본디 업무를 맡아야 될 핵심부서가 그 업무를 비전문가들에 넘겨서 결정하는 잘못된 모습을 많이 볼 수 있다. 결정에 대한 책임과 질타가 쏟아지면 우리가 결정한 것이 아니라 여러분들을 대표하는 다수의 위원들이 결정한 것이라고 얼버무린다.

개혁과 혁명

개혁과 혁명의 사전적 의미에서 "개혁은 제도나 기구 따위를 새롭게 뜯어고치는 것이고, 혁명은 헌법의 범위를 벗어나 국가 기틀, 사회제도 경제제도 조직 따위를 근본적으로 고치는 것"으로 정의되어 있다. 간단히 쉽게 말하여 개혁은 큰 틀은 놓아두고 껍데기를 바꾸는 것이고 혁명은 속 내용까지 전체를 새롭게 전혀 다른 것으로 바꾸는 것을 말한다.

이 사회는 장구한 세월을 지나면서 헤겔의 변증법을 증명이라도 하듯이 시행착오를 거듭하면서 정반합으로 발전하여 왔다. 그것이 정치제도는 민주주의이었고, 경제제도는 자본주의였다. 현 제도가 발전의 끝인 것 같아도 또 다른 발전이 나오는 것이다. 인류 세계사는 절대권에 대항하여 끊임없이 투쟁하여 피를 뿌리며 민주주의라는 꽃을 피웠다. 그러나 이것도 이제 노쇠하여 민주주의도 제도권의 자유주의 정당들에 대한 불신으로 극우와 극좌에 의한 그릇된 다수들에 횡포에 의하여 삐뚤어진 양상을 나타내 보이고 있다. 새로운 각도에서 돌파구를 향해가고 있는 것이다. 자본주의도 금융위기로 상징되는 자본주의의 한계와 1%의 독점으로 부가 일부에게 치중되어 금수저 흙수저가 대두되면서 전 세계의 경제가 신음하고 있다.

1%의 금수저 흙수저로 극심한 빈부의 차로. 열심히 일하는 자가 잘 살 수 있다는 희망이 있어야 하는데, 해도 안 된다는 희망이 없는 신분이 고착화 사회가 되면 안 된다.

급작스런 변화는 개혁과 혁명을 통하여 시도되었고 이때는 소속 구성원들 대다수의 욕구가 들끓었거나. 위대한 지도자가 나타나 새로운 변화를 시도하여 왔던 것이다.

조선왕조 500년은 정도전의 건국혁명 계획으로 주춧돌을 놓아 이성계가 시행에 착수하여 조선시대를 내려왔다고 생각된다. 고려의 탈을 송두리째 바꾼 혁명이라고 할 수 있을 것이다. 인류는 선사시대 이후로 몇 천 년을 거치면서 끊임없이 개혁하며 발전하여 왔다. 서양 열강에 무참히 짓밟혔던 중국이 새로이 부각된 것은 모택동의 공3 과7의 문화대혁명과 등소평의 실용주의 노선을 표방하는 흑묘백묘(黑描白描)의 개방개혁으로 오늘날의 발전을 가져왔다고 한다. 근대유럽의 정신은 프랑스대혁명과 영국의 혁명 정신이 전 세계에 확산되어 이루어진 금자탑이라고 생각된다.

이러한 큰 틀에서는 종교도 사회의 일원으로 예외가 아닐 것이다. 잘 나가던 이슬람의 몰락은 강한 원리주의, 근본주의 의식 속성에 의하여 꾸란(코란)을 아랍어 외에는 다른 언어로 번역조차 할 수 없고,

인력의 결핍에도 여성 인력의 배제는 종교개혁의 장애와 이슬람의 앞날을 어둡게 하고 있다. 지금도 요지부동의 물과 기름처럼 사회와 괴리되어 대중 속에 있지 못하는 종교로 외면당하고 있는 것이다. 힌두교와 불교가 모두 인도에서 발생되었지만 평등을 내세우는 불교는 지배계급으로부터 배척을 받아 인도에서 뿌리를 내리지 못하고 다른 곳으로 나갔으나 4신분 카스트 계급사회를 인정하였던 힌두교는 지배층인 브라만 계급의 지지를 받아 국교로 정착이 되었다.

가톨릭도 중세 종교개혁 때에 쇄신을 요구하는 혁신가들의 말에 귀를 기울였다면 갈라진 형제들이 발생하지 않았을 것이다. 그나마 다행이었던 것은 개혁 후에 트리엔트공의회(1545-1563) 반동종교회를 통하여 예수회의 출현으로 쇄신되어 오늘의 번창을 가져왔다고 생각된다. 이것이 그래도 하느님(성령)께서 끈을 놓지 않으시고 붙잡아 주신 결과라고 생각된다. 근세에 와서는 (1869-1870) 년에 의한 제1차 바티칸 공회의와 요한23세 교황에 의하여 발효된 제2바티칸 공회의(1983-1984)에 의하여 세속의 요구를 읽었다고 생각된다. 구세사에서 위기마다 선지자가 하느님의 음성을 듣고 바른길로 인도하였듯이 가톨릭은 위기에서도 하느님의 음성을 듣고 개혁하여 번창하였다고 생각한다.평등을 외친 가톨릭은 가는 곳마다 기득권으로부터 이질 문화의 저항을 받아 피를 밑거름으로 하여 하느님 나라를 힘들게 전파하였다.

불완전한 인간의 눈에도 부조리한 사회인데, 예수님 시대의 낙후된 사회에서 변화되어야 하고 고쳐야 될 것들이 무수히 많았을 것이다.

예수님은 이것을 짧은 3년간의 공생활에 다 변혁을 할 수 없었을 것이다. 예수님의 말씀 중에는 역설적인 것이 많이 들어 있는 가장 위대하신 혁명가일 것이다. 상산수훈 패러독스 사랑을 뒷전으로 한 율법만을 위한 내세우는 경직된 사회 속에 예수님이 받아들이며, 살아가시기에는 너무나 암초가 많은 사회였던 것이다.

갈라진 원한

우리는 조선이 망한 여러 원인이 있지만 두드러진 이유를 4색 당파로 국력의 쇠약으로 보는 경향이 많다. 역사는 되풀이되므로 이를 반면교사로 삼아 그런 전철을 다시 밟지 말아야 함에도 그 같은 잘못은 지금도 되풀이 되고 있다. 물론 정부의 일방독주의 잘못된 정책을 견제하고 수정 보완하여 완성의 길로 나아가기 위한 제도적 장치로 정당을 만들어 정책을 비파하고 논쟁을 벌이는 것은 발전적인 한 증표라 할 수 있다.

그러나 우리나라의 현 상황은 정도가 심하여(원한에 가까울 정도로) 상대를 박살을 낼 기세로 원한에 차 있다.

인터넷 댓글은 일부 극단성향의 사람들의 의견이겠지만, 입에 담기도 거북한 말들을 국가의 최고 존엄에게 쏟아붓는다. 북한 같으면 그 글만 가지고도 사형감이 될 것이다. 앞으로 이런 의사 표현도 할 수 없도록 하여야 할 것이다. 이것은 표현의 자유가 아니다. 국론 분열이다. 나라를 황폐화시킨다. 상대를 몰아가면 곧이어 반격이 돌아오게 되고 이것은 끊임없는 정쟁의 악순환이 된다. 남을 받아들이면 커지고 힘이 생기지만 순수성을 위하여 양파처럼 까발리면, 남는 것은 아무것도 없고. 종국에는 나 자신마저 남지 않을 것이다.

정치적 특별법이라도 만들어 일체 지나간 것을 건드릴 수 없고 국민의 지지를 받아 당선된 통치자의 통치행위에 대하여서는 언급을 못 하도록 하지 않으면 정치적 악순환이 반복될 것이다.

이런 것이 발전 도화선이 되어서 세계 곳곳에서 정파를 달리하여 소소한 파벌이 살육을 하는 피폐한 내전을 겪고 있는 것이 얼마나 많은가? 생각하니 소름이 끼쳐 왔다. 명절 때라도 친척들이 모여서 정치 이야기를 하다 보면, 형제간에 부모 자식 간에도 고성을 내며, 다투다가 분위기가 깨진다고 한다. 양쪽의 일리가 있기에 이 논쟁은 밤을 새워 이야기하여도 끝이 나지 않고 더불어 원수가 되어 버린다.

인류 역사는 시작과 동시에 갈등과 분열의 연속을 거듭하면서 발전하여 왔다는 것을 부인할 수 없을 것이다. 자명한 것은 화합하고 단합이 되었을 때는 융성하여 통일하여 대국을 만들어 갔고, 분열하여 다투다가 갈라져 나가면서 종말은 패망하는 것의 반복이었다. 영특한 인간이 이것을 모를 리 없지만 사무친 원한은 화합의 행복보다 더 강한가 보다.

조그마한 성에 불과한 고구려 시대의 안시성의 양만춘 장군을 비롯한 전 성 주민이 모두 일치단결하였으므로 30만 명을 이끌고 온 당나라의 태종을 3개월간의 기나긴 전투에서 물리칠 수 있었다. 그러나 그 막강한 고구려도 연개소문의 아들들의 분열로 일시에 무너지고 신라에 패망하고 말았다.

지금 세계를 시끄럽게 하는 이슬람도 수니파와 시아파가 갈라져 끊임없는 내전을 벌리며 분열하고 있으므로 말로가 뻔한 것으로 생각된다.

거룩한 종교에 있어서도 인간의 야욕으로 끊임없는 분열을 거듭하여 수많은 파를 만들며 오늘까지 이어져 오고 있다. 하느님의 뜻을 깨달았다면, 서로 사랑하여 하나로 뭉쳤으련만 종교에서 그 원한 더 뿌리가 깊고 씻어지지 않는지도 모르겠다. 하느님의 뜻이 아니라 사악한 인간들의 야욕에서 비롯된 것들일 것이다.

작게는 가정에서도 부부가 화합이 잘된 집안은 어려운 살림살이에도 밝은 전망이 있지만 부부가 갈라서고 형제들이 갈라서는 집안은 잘될 리가 없는 것이다. 대개 재벌들의 2세들이 재산을 둘러싸고 법정까지 가는 사례를 종종 볼 수 있다. 이러한 경우 집안뿐만 아니라 그 회사의 앞날까지 어두운 것이다.

갈등은 태어나면서 내 안에서 잉태되었는지도 모르겠다. 내 안에서도 이럴까 저럴까 하면서 마음의 동요가 일어나며, 매번 저질러진 일에 대해 왜 이렇게 하였는가 하면서 자책을 한다. 이것은 남의 잘못에는 너그럽지 못하고 나의 잘못은 관대한 처신에 타성이 붙은 때문으로 후에 쓰라린 후회를 하는 경우가 많다.

이것은 현명한 인간이 교육을 통하여 완화시키고, 용서와 사랑으로 승화시켜서 이 세상을 원한이 없는 사회로 만들어 가는 것이 지상 낙원으로 가는 지름길이라 생각한다.

분열은 작게는 내 안에서 시작하여, 집안에서, 나라 안에서, 세계 도처에서 사람이 있는 곳에는 그 원한의 씨를 가지고 있는 것 같다. 동생 아벨에 대한 원한으로 인류 최초의 살인죄를 저지른 카인의 피가 인간에게 스며들어 있기 때문인가 곳곳에 원한에 대한 분쟁의 묘약은 사랑일 것이다. 이 사랑으로 세계를 하나로 묶지 않으면 처방이 없을 것이다. 모든 종교들이 사랑을 실천하도록 외치고 있다. 그러므로 종교가 모든 분쟁을 가라앉히는데 주된 역할을 하여야 할 것이다.

그런데 아이러니하게도 세계 곳곳의 분쟁은 종교와 민족에 의한 분쟁이 대다수를 차지하고 있으니 이를 어떻게 해결하여야 한단 말인가? 그나마 기독교 내 교회일치운동(에큐메니칼 운동ecumenical movement)을 벌인지 100년이 지났지만 큰 성과가 없는 것을 보면, 남의 화합은 쉽게 말하면서 진작 내 안의 장벽은 결코 허물지 않으려는 인간들에게 화합은 참으로 힘든 과제인 것 같다.

빛을 남긴 사람들

학생들에게 이 세상에 빛을 남긴 사람들에 대해서 간간히 설명하면서 다시 한번 생각해 보았다. 과학이나 사상으로 이 세상의 방향을 바꾸는 계기를 마련하였기에 빛을 남기 분들 중에는 위대한 과학자와 철학자들이 많았다. 이분들이 평범한 가운데 남다른 창의력과 열정으로 피와 땀을 흘려서 이루어 낸 것이었다. 그분들의 덕택으로 획기적으로 우리는 여러 면에서 삶의 질이 개선되었다고 볼 수 있다. 그들은 비범하였기에 남들과 다른 생각을 가짐으로 괴짜로 취급되었고, 지금으로 보면 왕따를 당하여 이 세상을 사는가 시피 살았을 것이다.

갈릴레이는 종교재판을 받았으며, 소크라테스는 독배를 마시고 죽어야 하였다.

아인슈타인의 논문도 계속 비판을 받아야만 하였었다.

뛰어난 사람들의 천재성은 당대의 사람들이 받아들일 수 있는 수준을 훨씬 넘어섰기 때문에 많은 저항을 받으며, 외롭게 살다가 먼 훗날에서야 그 진가를 인정받고 재평가받은 경우가 많이 있다. (멘델의 유전 법칙은 멘델 사후 100년이 지나서야 옳다는 것을 인정받았다.)

정치제도로 최고 발단된 것이 민주주의로 민의에 의한 여론 수렴과 다수결로 모든 사안을 채택하지만 특수한 천재들로 보아서는 우매한 다수가 소수의 진실을 그르칠 수 있는 우를 범할 수 있다는 것을 볼 수 있다. 천재들은 그들의 빛을 발휘할 수 있는 환경을 만들어 주어야 한다는 것이다. 좁은 사회제도에 가두어 그들이 창공을 훨훨 날아 갈 수 있는 것을 방해해서는 안 될 것이다. 빛을 발휘한 사람들은 제도권의 교육에서는 그다지 천재성을 발휘하지 못하고 오히려 문제아가 되거나 부적응아로 전락이 된 경우도 있다.(에디슨)

그런 면에서 우수한 천재들은 별도로 모아서 그들의 천재성이 훼손되지 않도록 특별교육을 시키는 것이 바람직할 것이다. 이것이 다른 사람들과 위화감을 조성한다고 생각하는 것은 어리석은 생각일 것이다. 그리고 전문성을 필요로 하는 부분에 비전문가가 수장으로 담당하는 등의 정치적 배려 따위는 시급히 척결되어야 할 과제다. 너무 여론에 이끌려 소신 없이 나아가는 것은 전문성이 결여되었다고 본다.

미적분을 창시한 천재적인 과학자 뉴턴은 인간으로서 신에 가장 근접한 사람이라고 들 말한다. 그러나 이것은 뉴턴의 위대함을 부각하기 위하여 터무니없는 표현을 하였다고 생각한다. 숫자로 보면 뛰어난 천재는 단지 유한한 숫자이고, 신은 무한이기에 애초에 표현이 과하다고 생각된다. 혹자는 말하기를 AI지능의 알파고와 신이 바둑의 대국을 벌리면 신이 3집 정도 이길 것이라고 말하지만 이는 신의 개념을 잘 모르고 말하는 것이라고 생각된다. (인간으로 봐서는 바둑이 무궁무진하지만 신으로 보아서는 영역이 너무 좁아서 인간하고 실력 차를 발휘할 영역이 좁아서 그럴는지는 몰라도 애초에 비교가 되지 않을 것이다.)

나는 그 분야의 전문가는 아니지만 곰곰이 생각하여 본다. 가장 우수한 인간의 두뇌를 IQ300이라고 볼 때 신은 얼마나 될까? 억, 조가 아니라 무한대가 될 것이다. 인간의 평균 IQ100인 사람들이 볼 때 300은 대단한 것이지만 신의 눈으로 보면 100이나 300이나 모두 먼지도 되지 않는 0에 해당 될 것이다. 거꾸로 신을 100으로 보았을 때 인간은 0.000…0이 끝없이 진행되는 모두가 완전한 0이 될 것이다. 감히 우주를 창조하신 신과 우주의 이치를 찾아내려 골똘해도 도 안되는 인간을 신에 근접했다는 말은 하느님 모독이라고 생각된다. 천재는 인간 안에서 천재일 것이며 땀으로 이루어진 것이다. 세계적인 성악가들도 하늘이 내린 목소리라고 하지만 저들이 밤잠을 줄여가며, 탈 인간적으로 땀으로 이루어져 만든 놀라운 성과일 뿐이다. 3세 때 연주를 시작한 모차르트 신동도 35년 짧은 생애에 600편을 작곡하였다는 것은 얼마나 많은 노력을 하였는가를 잘 보여주고 있다고 생각한다. 남보다 재능이 1%정도 뛰어난지는 몰라도 노력은 99%의 땀으로 이루어졌기 때문이다.

빛을 남긴 사람들은 대부분 주위의 사람들이 알아보지를 못하여 외롭고 힘든 삶을 산 사람들이다. 그들은 머리가 좋았다기보다는 끊임없는 땀의 결실로 후대 사람들에게 빛을 주었다.

제5부

흘러가는 강물

북한강변을 거닐며

나이 들어 과격한 운동하기 어려운 상황인 때에 뼈를 굳건히 하고 면역력을 향상시키는 비타민D는 햇빛을 통해서만 얻을 수 있다고 하니, 햇빛을 보며 걷는 시간을 많이 갖기로 하였다. 나는 점심시간을 이용하여 매일 직장 인근의 북한강 산책로를 걷고 있다. 산책로 한편으로 넓게 펼쳐진 강물이 있고, 둑에는 나무와 풀들이 있고, 시야가 시원하게 펼쳐지며 길이 평탄하게 잘 정리되어 산책하기에 적합한 곳이다.

공자님의 논어에 나오는 '인자요산(仁者樂山) 지자요수(知者樂水)'라는 문장이 떠오른다. '어진 사람은 산을 좋아하고 슬기로운 사람은 물을 좋아한다.' 이런 문장이 뒤를 잇는다. '슬기로운 자는 동적(動的)이요, 어진 자는 정적(靜的)이며, 슬기로운 자는 즐기며, 어진 자는 오래 산다.'

나는 산도 좋지만 물을 더 좋아하고 그렇기에 산과 물이 어우러지는 곳은 금상첨화(錦上添花)일 것이다. 겨울철에 강가를 거닐면 자맥질을 하며 유유자적 한가로이 수십 마리가 군무를 펼치던 철새 물오리들 중 뒤쳐진 물오리가 꽥꽥거리며, 경계신호를 알리면 겁에 질린 무리들이 파드득 일제히 장관을 이루며, 멀리 날아가서 안전하다고 생각하는 지점에서 물에 푸드득 낙착을 한다. 육, 해, 공을 두루 생활하며, 공중을 비행하여 가고자 하는 곳을 장애물 없이 최단거리로 자유로이 다니는 오리들이 부럽게 생각된다. 학교에서 교육하기를 예전은 오리처럼 모든 것을 평균적으로 골고루 잘하는 오리와 같은 형을 추구하였으나 지금은 어느 것 하나 뛰어나게 우수하지 못한 오리형보다는 한 가지만을 잘하는 사자이든지, 제비이든지 어느 한 가지에 뛰어난 인간상을 추구한다고 한다. 앞으로의 세대는 잡동사니보다 어느 한 가지를 특출하게 잘하는 전문가가 되어야 살아갈 수 있다는 것이다. 그래서 이제는 평균(총점) 고득점으로 등위를 매기던 석차도 없어지고 오로지 각 교과목의 우등상과 석차를 부여하고 있는 것이다.

나의 산책이 평온한 이들 무리에게 공포감을 준다면, 미안할 뿐이다. 신대륙을 개척한다는 남유럽의 사람들이 신무기인 총을 들고 평온하게 살고 있던 남미를 점검하여 토착민의 왕을 무릎꿇림하고 식민지로 만들어 각종 만행을 저지른 슬픈 사연의 팝송 "철새는 날아가고"가 들여오는 것만 같다.

둑에는 벚나무들의 꽃보다 아름답고 말간 새싹들이 돋아나더니 어느샌가 알알이 열매를 맺었다. 꽃보다 열매를 선호하는 나는 욕심쟁이인가보다. 꽃이 언제 피었다가 언제 지는지 계절의 변화를 느낄 틈도 없이 분주히 3, 40대의 젊은 시절을 보내고 이제 여유롭게 새싹과 푸른 물을 보며 걷는다는 것이 행복하다.

나무들은 낮에 광합성을 할 때 산소를 내뿜는다니 이들 신선한 공기를 마음껏 마셔야겠다. 신선한 공기를 마시다 보면 민가가 있는 곳을 지날 때는 생활 오폐수를 흘려보내어서 썩은 악취가 금방 몸을 병들게 만들 것 같은 불쾌감을 일으킨다. 요즈음 황사나 미세먼지 경보를 자주 듣지만 그것보다 더 심각한 것 같다. 이곳을 지날 때는 미리 숨을 여러 번 쉬고 총총걸음으로 지난 다음에 한참을 멈추었던 숨을 몰아쉬곤 한다. 이곳 악취 때문에 반대 방향으로 가면 이곳 또한 가축을 키워서 더 심한 악취가 진동한다. 항상 인간들이 사는 곳에는 문제가 발생하는데 이는 남을 생각하지 않는다는 공통점이 있는 것 같다.

문제가 있는 것은 이것뿐이 아니다. 모처럼 편안한 마음으로 명상을 하거나 기도를 하며 거닐 때, 뽕짝 노래를 크게 틀어서 멀리서도 들리게 하여 자전거로 내달리는 사람들은 남은 아랑곳하지 않고, 나 혼자 즐거우면 다른 사람들은 안중에 없는가 보다. 이것 또한 환경오염이 아닐 수 없다. 혼자 즐기려면 이어폰이라도 끼고 들었으면 좋으련만….

지난해 산책로 둑에 벚나무를 수백 그루 심은 것이 지금은 반 이상이 죽은 것 같다. 지난해 한창 가물 때 성장 시기가 이미 시작된 늦은 봄에 5년 이상 된 벚나무를 뙤약볕 아래 심으면서 물을 주지 않아 관리 소홀로 태반이 고사하여 국가의 많은 예산만 낭비하였다. 나무을 심었을 때 정작 필요한 것은 흡족한 물이건만 나무마다 육중한 지지

대를 앞앞이 설치하느라고 공을 들이더니 이제는 고사한 나무가 보기 흉한지 잘라내고 파내느라 공을 들이고 있다. 참으로 한심하다. 보통 상식으로 나무는 어린나무를 성장이 발동되기 이전인 땅이 녹자마자 초봄에 심고 땅이 흥건히 젖도록 물을 주어야 하거만, 물이 고이지 못하는 비탈진 곳이고 작년에 가물었으니 많은 나무들이 고사하여 지금은 나무들이 산책하는 사람들의 마음을 아프게 하고 있다. 이것이 자기의 것이었어도 이렇게 소홀히 방치하였을 것인가? 관리자에게 죽은 나무에 대하여 책임을 추궁한다든지, 담당업자에게 생존한 나무에 대하여서만 값을 지불한다고 하였으면 이렇게까지는 되지 않았을 것이다. 그렇기에 인간의 일에는 반드시 가속기만 있는 것이 아니라 제동장치가 있어야 하는 것 같다. 아무리 수준이 높은 집단도 자율적으로 무엇을 한다는 것은 성공하기 어려운 것 같다.

사람들을 사랑하여야 하건만, 도처에 벌어지는 것들은 무책임과 타인에 대한 배려가 없는 행동으로 나의 마음은 산책길에서 검게 물들어 돌아온다. 그래도 내일은 밝은 태양이 비추리라는 희망을 가지고 긍정적인 마음으로 안위하며 더불어 가야 되지 않겠는가?

힘든 우리 사회

요즈음 우리나라의 암울한 사회 요소들이 많아서 미래를 어둡게 하는 것들이 많은 것 같다. 자녀 키우기 힘들다. 자살자가 많이 늘고 있다. 삶의 질이 나아졌는지 몰라도 빈부의 격차가 심하다. 상대적 박탈감, 경제뿐만 아니라 학생들은 공부하느라 힘들다. 그렇다고 정신적으로 안정되고, 서로 존중하는 사회가 되었는가. 가정의 해체가 국가의 장래를 해치고 있다.

경제가 나아졌다고 하지만 주변을 둘러보면 무언가 정상이 아닌 것 같다. 지금 위정자들이 정치를 잘 못 하고 있다는 것에 초점을 돌리려는 것은 아니다. 사람이 일정한 성인이 되면 직장을 얻고, 집을 마련하여 결혼하고 자녀를 낳아 기르는 것이 당연한 것으로 여겨온 그 기본적인 순리가 우리 주변에서 무너져 가고 있기 때문이다.

얼마 전 회의에 갔더니 80세가 다 된 선배님이 껄껄 웃으며, “아, 내

동기가 결혼청첩장을 보내왔기에 손주 결혼청첩장을 보내온 줄 알고 뭐 손주 청첩장까지 보내는가?"하고 의아하게 생각하였는데 나중에 알고 보니 40이 넘은 아들 청첩장인 것을 알고, "이제 결혼하면 언제 추수할 것이냐? 이제 친구들 부고장이 날아올 판인데…"라고 하였더니, 친구 대답이 "추수는 차지하고라도 결혼한다는 것만으로도 얼마나 기쁜 줄 모른다."고 하더라는 것이다. 그러니 옆의 혼기를 놓친 딸을 가진 여러 친구들이 부러운 눈초리로 "야! 이제는 너, 발 뻗고 자겠구나."하며 부러워하더라는 것입니다.

2018학년도에는 고등학교 졸업생 수가 대학정원에 94.2%에 불과하여 대학에 들어가는 문이 낮아졌다고는 하지만 취업이 잘되는 학과와 수도권 대학의 경쟁은 치열하다. 이곳에는 대학을 들어가기도 힘들고 등록금이며, 4년간 대학을 다니기도 경제적으로 어렵다. 이렇게 어렵게 공부하고 희망하는 직장에 취업하려면 대부분 50대1의 경쟁률을 넘어선다. 이렇게 힘들여 들어간 직장도 일의 강도가 심하여 3년을 견디지 못하고 이직하는 신입사원이 30%에 이른다고 한다. 그러니 30이 넘도록 안정된 직장을 구하기 어렵고 이것은 또 결혼이 늦어지는 원인이 된다.

국민의 20% 이상이 밀집되어 있는 서울의 집값은 평균 6억이 넘는다. 결혼하는 신혼부부가 신혼집을 마련한다는 것은 꿈도 꾸지 못할 일이다. 직장인이 평균 20.8년간 저축을 하여야 내 집을 마련할 수 있다니 무엇인가 잘못된 것이 아닌가? 찬란한 부모의 유산이 있지 않고서는 불가능한 것이다. 전세 마련조차도 언감생심이다. 이러니 살림집이 없는데 어떻게 결혼을 한단 말인가?

이런 연유에서인지 70이 넘은 나의 동료 주변에도 아직 자녀들이 결혼을 하지 못한 경우가 비일비재하다. 운이 좋게 결혼을 하였다 하더라도 맞벌이에 자녀를 키우며, 양육비를 대는 것이 여간 벅찬 것은 아니다. 그러므로 결혼을 하여도 자녀가 아예 없거나, 하나이거나 많아야 둘이다. 늦게 결혼하니 환갑이 될 때까지 자녀 교육을 끝내기도 어려운 것이니 자녀를 낳는 것을 망설일 수밖에 없다. 맞벌이의 여파로 요즈음 노년은 손주 키우는 일과가 일상화 되어 노년은 노년대로 힘들고 어려운 시기를 보내고 있다. 할머니들이 갑자기 안색이 좋지 않고 중병 앓는 사람처럼 보이는 분들은 대개 손주를 돌보고 있는 경우가 많은 것이다. 우리나라의 지난해 출산율이 1.05명으로 OECD 35개 나라 중 최하위이다. 이대로 가면, 인구절벽으로 우리나라가 인구소멸 1호 국가가 된다고 한다. 2020년이 되면 나 홀로 족이 591만 가구가 되어 부부+자녀 가구를 추월할 것이라고 한다. 그래서 정부에서 지난 10년간 100조 원이 넘는 돈을 쏟아붓고 있지만 나아지는 것은 없다. 앞날이 어두운 것이다.

그래서 오래 전부터 자조적인 소리로 우리나라에는 3포 시대(연애, 결혼, 출산 포기)에서 7포 시대(연애, 결혼, 출산 포기, 내 집 마련, 취업, 꿈, 희망)를 넘어 N포 시대(n가지 포기)에 들어 있는 것이다. 젊은이들의 밝은 미래가 없다는 것은 그 나라의 미래가 없다는 것이다.

일본은 더 심각하여 사토리 세대 ('사토리' 는 '깨달음' 을 뜻하는 일본말로, 현실을 냉정하게 직시하고 적응하는 세대를 말함. '사토리 세대'는 높은 실업률로 좌절한 청년들이 희망과 의욕도 없이 무기력해진 모습을 반영함.)가 등장하고 있다.

이를 단카이(득도)세대라 하여 미래의 희망을 포기하고 현재에 부담 없이 알바 일자리로 안일하게 살아가는 세대가 늘어가고 있다고 한다.

우리나라 자살자 10만 명당 연 25.6명으로 OECD나라 중 13년째 1위를 기록하고 있다고 한다. 신병 비관 자살도 안 되겠지만 젊은이들이 생계가 어려워 비관 자살자가 많은 것은 참으로 가슴을 아프게 하고 얼마나 우리나라가 살기 힘들 나라인가 하는 것을 느끼게 한다.

비단 경제뿐만 아니라 생활의 여유가 있는 집안이라도 자녀들이 살아남기 위해서 고도의 스트레스를 받으며, 입시 지옥 속에서 허덕이며 살아가고 있다. 이러한 것은 발전하기 위한 발버둥이라고 긍정적으로 생각하면, 필요한 요소일 수도 있지만 그 중압감이 삶을 황폐화시키고 있는 것이다. 단란한 가정을 이루며 오소도손 행복스럽게 살아가야 할 가정이 자녀들의 유학을 위하여 이산가족이 되어 힘들게 악전고투하는 것을 많이 볼 수 있다. 이런 것은 보장된 미래의 희망으로 오늘을 보람차게 살아갈 수 있을 것이다. 불교에서 인생고해라고 하였듯이 인간의 삶 자체가 고통의 연속으로 되어 있는 것이 설득력을 받게 된다. 기독교에서는 아담과 이브의 원죄로 인간의 고통을 불러 드렸으니 그 고통으로 속죄하고 공로를 쌓을 기회로 잡아야 한다는 것이다. 인류 사회의 가장 이상적인 사회로 모범답안 같던 자본주의도 이제 노쇠하여 수명이 다해가는 것 같다. 세계 곳곳에 인류애보다는 국수지상주의 낌새가 나타나고 있는 것 같다.

어려운 때에 고통을 덜 받고 즐겁고 명랑한 사회를 만드는 것은 고통을 함께 나누며, 서로 도울 때 나의 짐이 가벼워질 수 있지 않을까? 아픈 사람들 뒤쳐진 사람들을 배려하고 함께 어깨동무하며 걸어가는 정감이 흐르는 사회 분위기를 만드는 것은 오늘날 정부의 큰 임무 중에 하나일 것이다. 그다음으로 이러한 것은 민간 조직으로 종교의 몫이 크다고 생각된다. 이웃을 내 몸과 같이 사랑하라는 계율의 처음과 마지막의 모든 것이기 때문이다. 더 높은 뾰족탑만을 쌓으려 가난하고 어려운 사람들을 소외시하지 말고, 힘들고 지친 우리 이웃들의 허덕이는 이들의 안식처가 되어야 하느님의 뜻을 실현하는 것이다. 말 뿐이 아닌 실제로 온기를 느낄 수 있는 사랑이 넘치는 하느님 나라를 이루도록 다 같이 노력합시다.

잠깐만

우리나라는 IT 세계 최고의 강국으로 타이틀 1위를 자랑하는 많은 것을 가지고 있지만 반면 부끄럽게도 오래도록 자살 공화국이라는 불명예를 안고 있다. 10만 명당 25.6명이 자살을 하여 OECD나라 중 2003년부터 15년간 부동의 1위를 차지하다가 다행히 최근에서 2위로 내려앉았다고 한다.

자살의 원인은 여러 가지가 있겠지만 신병 비관, 경제적 어려움, 이성과 헤어짐, 성적비관, 죄에 대한 뉘우침, 부당함의 항거, 결백함 등등… 많은 요인들이 있을 것이다. 우리나라는 전쟁의 폐허 속에서 경제 성장을 하면서 생존경쟁의 피로 누적 가중도가 클 것이다.

자살한 것이 당당한 것이 아니라, 자살은 지극히 잘못된 것이라는 인식이 들어 창피하여 말도 꺼낼 수 없는 풍토가 되어야 하지 않을까?

자살은 현세의 고통이 극에 달하여 죽음의 고통보다는 더 크다고 생각되어 죽음의 고통이 두렵지도 않고, 오히려 마음의 평온을 찾을 수 있다고 생각하기에 가능할 것이다.

자살은 나만의 고통스러운 무거운 짐을 벗으려는 이기주의의 극치라고 생각된다. 나의 몫을 비워 둠으로 가족 누군가는 또 사회의 누군가는 나의 몫을 대신 짊어져야 된다고 생각하면 나의 짐은 내가 끝까지 챙겨야 하지 않을까? 나의 고통 회피로 나의 주변의 다른 사람들의 어깨를 무겁게 하여 피해를 주는 무책임한, 염치없는 행위라고 할 수 있다.

나의 목숨의 주인이 내가 아닌 것이다. 종교적으로 보았을 때 하느님께서 나에게 고귀한 생명을 주셨다, 자살은 죄 중에 가장 큰 죄라고 하였다. 왜냐하면, 인간 생명의 주인은 하느님인데 주인의 권리를 빼앗아 마음대로 하였기 때문이다. 동양 공자의 효경에서는 "신체발부(身體髮膚)는 수지부모(수(受之父母)이니 불감훼상(不敢毁傷)이 효지시야(孝之始也)"라는 말이 있다. "우리의 몸은 머리에서 발끝까지 부모에게서 받은 것이니 다치지 않고 온전하게 하는 것이 효도의 시작이라는 뜻이다." 그러므로 부모님이 생존하여 계시면 부모님이 키워주셨는데 그 공을 송두리째 묵살하였기에 신체 훼손은 부모님께 가장 큰 불효가 된다는 것이다.

특히 안타까운 자살은 천진난만한 어린아이들을 데리고 끔찍한 동반 자살을 하는 것은 안타까움과 동시에 분노를 느낀다. 어린아이들은 부모의 소유물이 아니다. 어미의 생각에는 부모 없는 자식들이 살아갈 앞날을 생각하니 도저히 혼자 떠날 수 없겠지만 그들의 삶은 그들대로 길이 따로 있을 것이다. 살아 숨 쉬는 모든 생명체는 모두 존귀한 존재의 몫이 있을 것이다. 이 세상에 존재하는 만물들은 모두 필요에 의하여 창조되었으며 우주를 구성하는 하나의 요소로 꼭 있어야만 하는 필연의 존재들인 것이다.

이 땅에 살아가는 모든 사람 중에 고통이 없고, 앞이 캄캄하고, 숨이 막히지 않았던 사람들이 있겠는가? 자살의 충동을 느끼지 않는 사람이 얼마나 있겠는가? 살면서 수많은 시련과 좌절과 고통과 슬픔이 있지만 자기의 존재의 몫을 다하기 위하여 우리 모두는 웃음 띤 가면을 쓰고 살아가는지 모르겠다.

불치병으로 가족과 주변에 많은 사람들에게 고달픔을 주는 것이 미안하여 극단적인 선택을 하는 것은 그래도 이해와 동정이 간다. 내 자신으로 하여금 타인에게 고통을 주는 것이 괴로워 목숨을 끊는 신병비관 자살은 남을 배려한 행동이라고 생각되어 조금은 공감이 간다.

그러나 고통의 감내(堪耐)로 나의 죄과와 허물을 보속(補贖)하고, 나를 보완하여 깨달음을 가져오는 발판이 된다면, 이마저 회피해서는 안되고 맞닥뜨려 당당히 자연의 섭리를 따라야 되지 않을까?

파급력이 큰 지도층이나 연예인들의 자살 보도는 “베르테르 효과”처럼 모방 자살로 그 효과를 증대시킨다고 한다. 요즈음 우리나라에서 저명인사들이 죄에 대한 억울함을 호소하며, 결백을 주장하고, 죽음으로 항변하는 양상이 많이 나타나고 그때마다 고인을 옹호하거나 칭송하는 풍조는 잘못되었다고 생각한다.

불완전한 인간이 하는 일들이 완벽한 참만으로 모든 것이 귀결된다고는 볼 수 없지만 그래도 우리는 마지막까지 참을 가리기 위한 투쟁을 하는 것이 아름답지 않은가?

사람의 마음은 수시로 변한다고 한다. 자살 충동이 최고조에 도달하였을 때 따뜻한 사랑의 마음을 전하여 잠깐만 순간을 넘겨 자살 공화국이란 오명의 불명예를 지워보자.

어떤 이는 말하기를 "자살자의 살인자는 자살자 주변의 사람들이 공동 살인자이다."라고 하였다. 더불어 살아가야 할 사람이 살아갈 토양을 잃었다는 것은 우리들이 그 토양을 빼앗아 그가 뿌리를 내리지 못하도록 한 살인자들일 것이다. 이웃에게 사랑을 실천하여 더불어 사는 세상을 만들어 가자.

인구절벽을 막고, 생존하고 있는 사람들의 사기 저하를 막기 위해서도 자살 방지 캠페인을 적극 벌여야 할 것이다.

흘러가는 강물

물은 우리 몸의 70%를 이루며, 물은 생명체가 존재할 수 있는 생명의 필수 요소인 것이다. 맛도 없고, 냄새도 없고, 색깔도 없는 물. 너무 많아 물 쓰듯이라고 하지만 물이 없다면, 사람들은 한 방울의 물을 가지고 다툴 것이다.

자연은 우리의 스승이라고 하였다. 자연에서 많은 것을 배울 수 있기 때문인 것 같다. 그중에서도 나는 물이 마음에 들고, 또 그 물 중에서도 고인 물보다는 흐르는 물이 역동적인 생명력이 있어서 좋다.

누가 싱거운 사람을 맹물 같은 사람이라고 하였지만 이것은 물에 대한 모독이라고 생각한다.

강물은 자기를 낮추며 높은 데서 낮은 곳으로 부지런히 밤이나 낮이나 쉬지 않고 흘러간다. 가다가 깊은 못을 만나면 숙명으로 여기며, 받아드려 잠잠히 그곳에서 머물러 있는 것이다. 넘을 수 없는 장애물이 있으면, 양보를 하여 돌아가지만 기어이 끊임없이 가고자 하는 곳으로 향하여 목적지에 도달한다. 집요한 인내와 끊기 그러나 드러나게 나를 고집하지 않으며, 목적을 이루기 위해 정진하는 물. 물이 암시하는 바는 크다.

바위에 부딪치는 아픔을 포말로 승화시키며 꿋꿋이 견디어 낸다. 그리고 다시 합하여진다. 칼로 아무리 베어도 금시 다시 합하여지는 응집력 누가 너를 당할 수 있겠는가? 당리당략으로 이합집산하는 정치인들과 다르다.

더러운 것 모두 품고 흘러가면서 침전이 되어 맑은 물로 정화한다. 고인 물은 썩지만 흘러가는 물은 맑은 공기와 태양빛을 받아, 보석처럼 반짝반짝 빛나며, 바닥의 속살을 드러내어 청결감을 더한다. 남의 더러움을 내 온몸에 뒤집어쓰면서도 남을 깨끗하게 정화한다. 내 자신은 흘러가면서 깨끗하게 단장하여 간다.

낮에는 이글거리는 태양의 열기를 삼키며, 밤에는 달그림자 띄워 조각배 노를 저으며, 별들과 소곤거리는 정담을 나누며 연인들의 벗이 된다.

더운 여름에는 청량제가 되어 대지를 식히고, 한겨울 추위에는 얼음 밑으로 삭풍을 막는다. 과하지도 모자라지도 않게 은은한 너의 그 자세 의연하다. 세상 사람들이 너를 본받는다면, 불화와 아귀다툼은 얼씬도 하지 못 할 것이다.

계곡이 가파르면 빠르게, 완만하면 느슨하게, 완급을 조절할 줄 안다. 주변 환경과 시대 상황에 발맞출 수 있는 자 너로구나. 물과 같은 친구를 두었다면, 친화력이 대단한 너와 대화를 하고 싶다.

강물이 흘러가다가 옆길로 빠지거나, 깊거나, 낮거나 언제나 아랑곳 없이 언제 끝날지 모르는 여정 가다가 어디에서 멈출지도 모른 채 불평 없이 순응하며 흘러간다. 너 같은 자식을 둔 부모는 깊은 근심에 빠지지는 않을 것이다.

앞다투어 빨리 달려온 물이나, 늦게 도착한 물이나 시기하지 않으며 한데 어우러진다. 불행은 남과 비교하는 데서 시작한다고 한다. 서로 시기하지 않고 화합하니 이보다 더 평화로운 것이 어디 있겠는가! 너 같은 이웃 나라를 두었다면 전쟁 걱정은 하지 않고 살아가리라.

드디어 바다에 모인 물은 온전한 하나가 된다. 어디에서도 차별하지 않는다. 여기는 지역 텃세도 없다. 여기는 인종차별도 없고 민족 분열도 없다. 오직 한 형제자매뿐이다.

사방에서 흘러온 물은 사해(四海)로 한 형제자매가 된다. 여기는 거대한 하나이기에 거대한 힘이 있으며, 바닷속은 수많은 생명체가 꿈틀거린다. 인간이 모인 곳에는 혈연, 지연, 학연을 가리며, 패를 조성하여 다른 것을 배타한다. 모두 담을 허물고 바닷물처럼 온전한 하나가 되어보자! 정치가들이 너를 본받았다면, 그토록 헐뜯고 원한을 품지 않을 것이다.

썩지 않기 위해서 역동적으로 넘실거리며, 짬을 생산하는 너. 오! 바로 네로구나! 우리가 사는 지구. 흘러가는 물이 있기에 더 아름다운 것이 아니겠는가? 그리고 자연은 우리의 스승이며, 우리가 보고 깨달아야 할 것이다. 흘러가는 강물 하느님의 근사한 창작품이로구나. 본받자! 흘러가는 강물을 그래서 나는 호를 유수(流水)로 하였다.

몽고하니, 별명 붙이기

사람의 이름이나 격식적인 직책을 부르기가 곤란하여 동료들 간에 흔히 생김새나 특징적인 말투 행동을 단적으로 나타내 주는 별명을 부를 때 공감을 불러일으키면 잊히지 않고 이름 대신 비공식으로 쓰이는 경우가 있다.

내가 간부가 되어 지역 교육청에서 아침마다 참모회의를 할 때이다. 모 과장은 뇌출혈로 쓰러졌던 적이 있는 분으로 참 성실하고, 착한 분이었다. 아침마다 표현하는 것이 좀 서툴러 무엇을 말하고, 이것이 무슨 말인지 상대에게 전달이 잘 안 됐는가 생각할 때 "이것이 몽고하니"하면서 한참 부연 설명을 한다. 듣는 사람은 몽고하니,가 좀 갑갑하게 들릴 때가 있다. 회의 때마다 이 몽고하니는 서너 번은 나온다. 처음은 그냥 흘려버렸지만 반복되면서 웃음이 나왔다. 이분은 몽고하니가 나오지 않으면 직성이 풀리지 않는가 보다. 이 자상한 표현은 남을 배려하는 마음이 깃들어 있을 것이다. 허심탄회한 마음으로 나는 이분과 속마음을 트면서 즐겁게 생활할 수 있었다.

어려운 재정 문제를 부탁하면, 언제나 기꺼이 긍정적으로 협조를 하여 주셨다. 이 분은 퇴임을 하고, 나는 고등학교 교장으로 있을 때 이분이 성적은 좋으나 가난하여 대학 진학이 어려운 내가 근무하는 학교의 학생에게 대학 등록금을 지원하여 주겠다며, 먼 곳에서 버스를 타고 오셔서 장학금을 전달한 적이 있다. 어렵게 모은 돈으로 그 많은 장학금을 내어 놓으신 것이다. 큰 부자는 아니고 아껴 모아 저축한 돈으로 가난한 학생을 돕는 몽고하니 과장님 감사합니다.

『논물냉수』라면 어떤 생각이 들까요? 논에 찬물을 넣었지만 논에 물이라는 것은 오랫동안 얕은 수심에 놓여 있으면서 한여름의 땡볕을 받으니 자연히 논물은 미지근한 정도를 넘어서 따뜻해지지요. 그러니 논에 넣은 냉수는 찬 것도 아니고 뜨뜻해지는 것이니 흐리멍덩해지는 것이지요? 사람은 아주 좋으나 끊고 맺는 것이 부족하여 붙여진 별명이 논물 냉수라는 선배가 있었다. 이분은 소위 법이 없어도 살 아주 선량한 분이므로 남의 해고지에 피해갈 정도이지 절대로 남을 해코지하는 사람이 아니다. 흠이라면 야심과 결단력이 부족한 것이 흠일 뿐이었다. 아부할 줄 모르고, 회식을 하면, 주머니 털어서라도 자기가 먼저 돈을 지불하는 사람. 야망이 없으니 출세는 못하였지만, 자족하면서 살아가는 우리 논물냉수 선생님 나는 이런 분을 좋아하니 초록은 동색인가?

『참새 굴레씌울』 사람 옛날 농작물을 축을 내어 해조류로 분류되어 참새를 많이 잡았다. 그러나 날아다니는 참새를 잡는다는 것은 참으로 어려웠다. 지금은 새총이 있어서 산발 탄으로 여러 마리를 한 번에 잡을 수 있지만 그 전에는 먹이로 유인하여 목에 굴레를 씌워서 잡았다. 그래서 참새 굴레 씌울 사람이란 이런 날랜 참새를 잡을 정도로 재간이 비상한 사람을 일컫기도 하였지만 부정적인 이미지로는 얍삽하여, 정의와 진실 쪽보다는 자기의 영달을 위하여 어떠한 수단과 방법을 가리지 않는 자기 성취욕이 강한 사람을 일컫기도 하였다. 봉이 김선달 같은 사람이 어울릴 것이다. 학교에서도 이런 수완이 비상한 사람들이 출세하여 요직을 두루 거친 사람들이 많이 있다. 그러나 많은 동료들은 그러한 사람을 가까이 대하지 않으며, 친구로 교류하기를 꺼려한다. 그래서 그러한 사람들은 말년에 외톨이가 되어 고독한 인생을 마감하게 된다. 교육은 참새 굴레 씌울 재간과 술수를 필요로 하는 직업이 아니라 학생들에게 참다운 인성을 심어 주어야 하기 때문일 것이다.

직장에 또 『무대까리』라는 선배가 있었다. 이분은 자기주장만 내세우며, 남의 의견은 무시한다. 뜻이 맞지 않으면 언성부터 높아지면서, 분위기를 험악하게 만든다. 본인에게 조금이라도 불리한 낌새가 있으면 용납이 되지 않는 것이다. 회식자리에서도 돈은 낼 줄 모르고 입만 가지고 다니니 누가 반겨 맞이하지 않는다. 이 사람도 혼 밥에 혼 술이며, 주위 사람들은 멀어져 간다.

반면 지인과 자료를 주고받기 위하여 이메일 주소를 받아 보고 깜짝 놀란 적이 있다. 이메일 주소에 들어 있는 한글 이름이 본명이 아니고 『돌대가리』로 쓰여 있었다. 물론 이분을 돌대가리가 아니며, 그 정반대로 우리 수련생 최고의 재능과 성품도 좋은 분으로 인기가 많은 분이다. 또 "못생겨서 죄송합니다."라는 유행어를 낳았던 코미디의 대가 고 이주일 배우도 자기를 스스로 낮춤으로서 높임을 받고 더 인기를 얻고 유명해진 것이 아니겠는가?

성경에도 잘 나타나 있듯이 "누구든지 자신을 높이는 이는 낮아지고 자신을 낮추는 이는 높아질 것이다."(루카 14. 11)라고 말씀하시었다.

대개 사람들은 남을 비아냥거리고, 놀리는 쾌감 때문인지 좋은 별명보다는 부정적이고 좋지 않은 별명들이 많은 것 같다. 별명을 부여받은 사람보다는 별명을 부르는 사람들의 마음이 편협하고, 남을 얕잡아보거나 질타하는 마음이 도사리고 있는 경향이 강하기 때문인 것 같다. 별명이라면 아이들 간에는 남을 흉보고 놀리는 이미지가 떠오르는 자체가 잘못된 분위기일 것이다. 요즈음 학교에서 공부를 못하거나, 뒤쳐진 학생들을 외면하며, 쪼아대는 왕따도 남을 곤경에 처하게 하여 쾌감을 맛보려는 비열한 마음이 우리 사회를 어둡고 슬프게 만드는 것이 아닐까?

다문화가정, 사회부적응 약자 가정에 따스한 손을 내밀어 놀림이 아니라, 개성에 맞고, 아름다운 별명으로 살맛 나는 아름다운 사회를 만들어야 하지 않을까?

돌아온 금메달

노년층이 많아지면서 걷기가 건강에 좋다고 하니 요즈음 도시 외곽 쪽으로 걷는 사람들이 많이 늘어난 것 같다. 나도 건강을 위하여 아무리 바빠도 집 밖 산책로를 매일 1시간 이상은 걷는다. 나는 걸음이 빠르므로 자연히 앞선 사람들을 앞지르는 경우가 많다. 그런데 앞선 아주머니들이 길을 전세 내듯이 서너 명이 횡대로 어기적거리며 갈 때는 대화에 방해가 될까 봐 "길 좀 비켜주세요."를 간청하지 못하고 답답하게 뒤꽁무니를 따라가다 보니 자연히 듣지 말아야 할 말들을 듣게 된다.

그 대화의 대부분은 사람들의 살아가는 이야기. "금전관계", "건강에 관한 이야기", "가족 간의 인간관계"이야기가 대부분이다. 나이가 좀 드신 아주머니들은 손주 보는 이야기가 빠지지 않는다. 골병들어 죽을 지경이라는 하소연을 하는 경우가 대부분이다.

한때는 딸 둘이면, 금메달, 딸, 아들이면, 은메달, 아들 둘이면, 노메달, “목메달”이라는 우스갯말이 있었다. 딸 덕으로 비행기 여행을 하지만, 아들이면 리어카 타기 바쁘다는 비아냥거림이 있었다.

교직 생활을 하던 나로서는 이러한 상황을 실제로 경험을 하였다. 아들딸을 둔 부모가 고등학교에서 동시에 학부모회의를 개최하면, 어느 한쪽을 포기하고 한 곳을 택해야 하는데 대개의 경우 어머니들이 아들이 있는 남학교 쪽으로 가는 경향이 있다.

그러나 선생님을 생각하는 학생들의 입장에서 보면 여학교가 훨씬 잔정과 선생님에 대한 배려가 크다. 방통 고등학교의 경우 성인인 학생들이 선생님에 대한 정성은 너무나 판이하게 차이가 난다. 요즈음은 김영란법으로 선생님 접대가 안 되겠지만 예전에는 그러한 정도는 허용되던 때에 소풍을 가면, 남학교 방통 고등학교는 선생님 도시락이 없어서 여학교방통고에 젓가락만 들고 점심을 얻어먹으러 오는 경우가 많았다. 그래서 여학교는 남학교와 다른 곳으로 소풍을 가려고 하고 남학교는 수소문하여 여학교 소풍지로 따라다녔다.

딸 덕으로 비행기 타는 것까지는 좋았는데, 요즈음은 맞벌이를 하다 보니 애기 엄마가 직장에 시달려 육아를 할 수 없는 형편으로 할머니가 24시간 육아를 하는데, 애기 엄마로 보아서는 시댁보다는 친정집이 한결 드나들기 편하고 부탁하기에도 마음이 편할 것이다. 그러다 보니 아이 돌보는 몫이 시가보다는 친정 쪽으로 비중이 큰 것이 자연스런 상황이 되었다. 아이를 봐 주지 않으면 어렵사리 공부시켜, 힘들게 얻은 직장을 그만두어야 하니 그렇게는 할 수 없는 것이다. 그리고 요즈음 씀씀이가 커져서 외벌이로는 뒷감당이 어려운 실정이다. 그러다 보니 요즈음 할머니들이 갑자기 얼굴이 환자처럼 변한 경우는 대부분 손주들을 돌보는 경우이다. 그래서 아들은 손주들을 보는 경우가 적으므로 "아들이 더 낫다."라고 하여 목메달이 돌아온 금메달이 되었다. 1등이 실격이 되어 차순위자가 금메달을 딴 기분일 것이다. 요즈음 노인들이 넋두리를 편다. "우리가 젊었을 때는 어른들 모시느라고, 생고생을 하였는데 섬김을 받을 때가 되어서 보살핌을 받는 것은 고사하고 오히려 손주들의 애프터서비스까지 하느라고 허리가 휜다."라고 한다.

"자식들이 오면 반갑고, 떠나가면 더 반갑다,"라는 말이 있다. 심지어 고전이 되어 돌아다니는 "무자식이 상팔자"라는 해묵은 말이 아직도 유효하단 말인가? 큰딸이 시집가서 손주 보느라 곤혹을 치른 친정어머니, 시집가지 못한 노처녀, 막내딸을 보고, "너는 효녀다."라고 한다.

돌아오는 산책길에 "돌아온 금메달"을 놓고 곰곰이 생각하여 보았다. 이 세상이 물질만능이 되다 보니 아름다운 인간관계도 물질로 예단을 하는 세상이 되었구나. 이러한 것들이 대가를 바라니 따지게 되고 따지니 섭섭하고, 피곤해지는 것이 아니겠는가?

"남과 비교하는 데서 불행이 시작된다고 하였다."

베풀 수만 있으면 베푸는 것이 더 행복한 것이 아닐까? 받는 사람보다 주는 자가 더 행복하다고 하였다.

인간은 이래도 저래도 이루어진 것에 대해서는 항상 불만족이고 남의 떡이 커 보이는 것 같다. 자식이 많은 사람은 무자식이 상팔자라고 하지만 자식이 없는 사람은 병신자식이라도 한명 있기를 갈망한다. 결혼한 자는 결혼 안 한 자를 동경하고, 결혼 안 한 자는 결혼한 자를 부러워 할 것이다. 아들만을 가진 자는 딸을 가져 봤으면 할 것이고 딸만을 둔 사람은 아들이 있어 봤으면 할 것이다.

소기업에 다니는 사람은 대기업에 다녀 보았으면 하지만 진작 대기업에 다니는 사람은 꽉 짜인 틀에 속박에서 벗어나 한적한 곳에서 가족처럼 근무하기를 갈망할 것이다.

못 이룬 사람이 갈망하는 것이지 모두를 다 이루었던 사람들은 이루고 보면 별 것 아니라고 생각할 것이다.

내가 소유하지 못했거나, 경험해 보지 못한 것을 마음으로 소유하고, 마음으로 의사 경험한 것으로 충족할 수 있는 사람이 있다면 이 사람은 진정으로 행복한 사람일 것이다. 이 사람은 언제나 마음을 다스려 충만하여 욕심이 없고 부유한 마음으로 만족하며 남에게 관대하기 때문일 것이다.

동치미, 찹쌀떡

고통스러웠던 것은 오래도록 기억되는 것 같다. 지금으로부터 50~60년 전에 초, 중, 고, 학교생활을 거치면서, 그 때 당시에는 교실 수업에 들어오시는 선생님마다 비참했던 6.25전쟁 이야기며, 일본군의 만행, 찢어지게 가난하였던 배고픔에 대하여 약속이나 한 것처럼 비슷한 이야기를 하여서 우리들은 많이 들어 암기가 될 정도로 같은 이야기를 들었다.

그중에 배고픔은 우리가 실제로 겪었던 것이다. 동지섣달 긴 밤에 공부하다가 먹었던 동치미가 아직도 눈앞에 어른거린다. 곡식이 귀해 밥의 양이 모자랐던 고등학교 시절 동짓달 긴 겨울밤에 공부하다 보면 배고픔을 넘기기 힘들 정도였다. 집에 먹을 것이라고는 앞마당 움막의 김치와 동치미밖에 없었다. 김치는 짜고 메워서 맨입으로 먹을 수 없고 물로 배를 채우는 것은 동치미 국물이 딱이었다.

지금 같아서는 돈을 주면서 먹으러 가라고 하여도 선뜻 나서지 않을 만큼 귀찮은 것이었다. 양말도 신지 않은 내복 바람으로 마당의 어두컴컴한 김치 울을 헤집고 들어가 나의 키만 한 거의 빈 큰 항아리에 몸을 거의 다 집어넣다시피 강동 베기가 되어 거꾸로 매달려 시큼한 냄새를 맡으며 동치미를 한 사발 퍼 올린다. 아마도 퍼 올리면서 주변의 짚으라기 와 흙이 좀 들어갔는지도 모를 일이다.

그러나 춥고, 먹는 맛에 취하여 그러한 것은 안중에도 없이 단숨에 무를 썰고, 국물을 먹었을 때 그 시기에 적당히 발효되어 무와 국물이 잘 우러나와 너무나도 맛이 있었다. 그 당시 배가 고파서도 맛이 있었지만 밖에서 오래도록 발효되면서 잘 삭았기 때문일 것이다. 지금은 그러한 동치미 맛을 보려고 하여도 그러한 것을 돈 주고도 살 수가 없다. 요즈음 배가 불러서 그런가, 하도 좋은 것을 많이 먹어서 그런가 아니면 나이가 들어서 미각이 퇴화되어서 그런가. 아니면, 자연산 보다는 재배와 냉동 등으로 변질이 되어서 그런지 음식의 맛들이 예전 같지 않다.

거주지역의 어느 냉면집의 동치미가 하도 맛이 있다 하여 가 보았는데 옛날과 조금은 비슷하지만 예전의 맛과 비길 바가 못 되었다. 지금은 억지로 식초를 넣어서 시큼한 맛을 내지만 엉터리인 것이다. 발효시기를 맞추어 맛있는 것을 만든다는 것은 절묘한 예술인 것이다. 찾아간 소문난 냉면집의 동치미는 그 정도면 그래도 맛이 있어서 옛날의 향수를 느껴서 얼마나 동치미 국물을 많이 마셨던지 배탈이 났다.

우리나라의 발효식품들이 맛있고 건강에 좋다는 것을 알았다. 앞으로 여러 가지 새로운 음식이 나온다 해도 전통의 발효식품을 능가하는 식품은 만들지 못할 것이다.

또 동지 밤의 추억으로 남는 것은 찹쌀떡 외침이었다. 지금은 먹을 것이 많고 배달 문화가 발달되어 사라졌지만 예전엔 집에서 만든 찹쌀떡 장수가(대부분 남자 아이들) 적막을 깨는 소리가 울려 퍼졌다. 골짜기 아래에서 가느다랗게 들려오던 소리가 집 앞에서 절정을 이루다가 위로 올라가면서 사라질 때까지 사 먹는 사람들이 거의 없는 것 같다. 소리가 중단되어야 중간에 더러 사 먹는 사람들이 있는 터인데, 매일 밤 거의 중단이 되지도 않는 데도 찹쌀떡~을 외친다. 그 당시에는 얼마나 맛이 있을까 누가 사 먹을까? 하는 것이 궁금하여 소리가 사라질 때까지 침을 삼키며 공부가 되지를 않았다.

지금에 와서 그때를 생각하여 본다. 내가 먹고 싶었던 것보다는 찹쌀떡장수가 얼마나 추웠을까? 그리고 목 놓아 외쳐대는 것이 얼마나 힘들었을까? 예전은 지금보다는 훨씬 추웠고, 하수구 정비되지 않아 길 위로 하수구 물이 넘쳐흘러 동네 골목길은 썰매를 타는 빙판길이었다. 이런 길을 털모자 장갑도 없이 곡예를 하듯 떡판을 메고 다녔을 어린아이를 생각하니 지금 같아서는 지갑을 털어서라도 떡 몇 개를 사주었을 것이다. 그리고 거스름돈은 받지 않을 것이다. 옛날을 회상하며 다짐해 본다.

요즈음 내 주머니에 돈 푼이 좀 있어서 그런가? 즉 곡간 속에서 인심이 난 것일까? 아니면 내가 나이가 좀 들어 어려운 사람을 배려하는 마음이 생긴 것일까? 전자가 아닌 후자가 되었으면 좋겠다. 이 시대를 살아가는 또 다른 스트레스가 있겠지만 배를 곯지 않는다는 것에 감사할 뿐이다.

제발 좀 나가 노세요

요즈음 고령화 사회가 되다 보니, 주변에 퇴임한 분들을 많이 만나게 된다. 이분들의 비슷한 공통점은 평생을 가정보다 직장을 우위에 두고 전력투구를 하여 바깥세상에 잘 적응이 되어 있지 못한 상태에서 퇴임하여 하루아침에 집안의 천덕꾸러기 신세가 되었다는 것이다.

퇴임한 어느 남편이 평생 가정에 충실하지 못하여 이제는 아내와 함께하는 시간을 많이 갖겠다고 다짐한 나머지 아내의 장보는 마트에 따라나섰다. 아내가 물건을 사는데 단번에 사는 것이 아니라 물건을 집었다 놓았다 하면서 한 푼이라도 더 아끼려고 여기저기 오르락 거리면서 제품과 가격을 비교하고, 성에 차지 않으니 마트에서 나와 일반 시장에서도 이러한 동작은 계속된 후 간신히 옷을 하나 샀다. 남편은 인내의 한계를 느꼈으나 앞으로는 아내와 함께 하는 시간을 많이 갖기로 다짐하였으니 이를 깨물고 참기로 하였다. 그러면서 한 푼이라도 아끼려는 아내를 보고 측은하고 죄책감마저 들었단다. 내가 한번 술을 마시면 몇십만 원도 아까워하지 않고 몸에 해로운 술을 마시는데, 아내는 몇천 원을 절약하려고 하루 종일 발품을 팔고 입씨름을 하면서 다니는 것을 보고 내가 미친 사람이라고 생각하였단다.

저녁에 들어와 큰 점수라도 땄겠거니 생각하고 아내에게 "내가 오늘 함께 하니 외롭지 않고 즐거웠겠지요?" 그러자 아내가 퉁명스런 말투로 "같이 안 있어도 좋으니, 내일부터는 제발 나가 노세요? 오늘 더 싸게 사려고 몇 군데를 더 다녀야 하였는데 당신 때문에 더 다니지를 못하였고, 오늘 너무 불편하였어요. 나를 편하게 하려면 다시는 따라나서지 마세요."

일본에서 70대를 대상으로 설문조사를 한 적이 있었는데 노후를 누구와 보내고 싶으냐는 질문에 70대 남성 69%가 "반드시 아내와"라고 답한 반면, 70대 여성 66%가 "절대로 남편과 안 보내"라는 조사가 있다. 50대 이후의 부부는 "따로 국밥" 양상이 두드러져 가는데 자기중심적 사고로 살아가다가는 일본에서도 남편은 비 온 후 구두 뒤축에 달라붙은 성가신 낙엽 신세로 표현되고 있는 것이다.

이런 우화가 있다. 소와 호랑이가 사랑하는 부부가 되어 서로가 끔찍이 위하였다고 한다. 소는 호랑이에게 자기가 가장 맛있어하는 부드러운 풀을 아껴서 주었고, 호랑이는 자기가 가장 먹고 싶어 하는 고기를 아껴서 소에게 주었다고 한다. 그러나 이러한 사랑이 자기중심적 사랑이 되어 상대편의 배려를 받아들일 수 없었다고 한다. 우리는 남을 위한다고 하면서 나의 중심으로 위하고 있지나 않은지 생각해 보게 된다.

진정으로 누구를 위해준다는 것은 상대의 마음을 편안하게 하여 주는 것이다. 그것이 아무리 효과가 있다고 하더라도 상대를 불편하게 한다면 그 무슨 소용이 있겠는가? 남들이 나와는 다른 것인데 나만의 생각이 옳다고 남을 강제로 그 틀 아래 꾸겨 넣으려고 할 때에 이것은 또 다른 고문이나 학대로 느껴질 수도 있을 것이다.

오래전 다큐영화인 “임아, 그 강을 건너지 마오.”를 보았다. 시작 장면과 끝장면이 98세 남편의 죽음에 진심으로 슬픔에 잠겨 우는 부인의 모습에 나도 흐르는 눈물을 참을 수 없었다. 그 삶 동안 애증으로 감정의 눈물이 모두 말랐을 만한데, 그토록 싫증이 나게 산 나이가 되면 대부분 그즈음에 주고받는 말끝마다 찌그럭거리며 쌓인 미움이 덕지덕지 가시가 돋칠 만도 한 나이인데 먼저 가신 남편의 묘 앞에서 그토록 서럽게 울고 있는 모습은 꾸며질 수 없는 진실 그대로였다.

무엇이 이렇게 만들었겠는가. 남편이 평생 부인에게 가부장적으로 군림하지 않고, 친구처럼 편안하게 옆에서 도와주고 동고동락을 함께 하며 배우자를 배려한 결과로 생각된다.

언제 식사 한번 합시다

직장인들이 가장 많이 하는 빈말이 “우리 언제 밥 한번 먹자.”라고 한다. 듣는 이 90% 이상이 으레 빈말이겠거니 하고 들으며, “밥 먹는 것이 미팅 한번 하는 것으로 듣고 있다고 한다. 그리고 지금 별로 만나고 싶지 않은 사람을 두고 사용하는 말이라고도 한다.

왜 이렇게 되었을까? 우리나라에서는 주류를 판매하는 것이 아무런 제재가 없다 보니 거의 대부분의 모든 음식점들이 술을 판매하고, 커피까지 제공하고 있다. 그러므로 손님으로 보아서는 값싼 비용으로 술과 다방의 역할까지 할 수 있는 음식집에서 이러한 것들을 즐길 수 있고 국가로 보아서는 주세가 72% 되어 연 2조 넘는 막대한 수입을 올리고 있는 재원이 되고 있다. 그리고 식당 경영자는 음식점에서 술을 팔아야 손님이 오래도록 머물게 되고 그렇게 하면서 음식을 많이 주문하게 되며, 매상을 올리게 되므로 누이 좋고 매부 좋은 상태로 술은 고삐가 풀린 통제 없는 무방비 상태로 우리나라 세계 술 소비가 1위라

한다.

칼국수를 주문하고도 술을 마시는 나라. 우리나라는 술의 천국인지도 모르겠다. 그러다 보니 그것에 대한 폐해도 만만치 않은 것 같다. 회의 장소가 애초에 음식점으로 정하여져 주요한 안건을 다루기 전에 음주로 회의의 집중도가 떨어지기도 한다. 주위가 소란하여 잘 알아듣지 못하기도 하고 멀리 떨어진 사람에게 전달하기 위해서 더 큰 소리로 말하고, 주위가 소란하니 옆 사람은 또 소리가 커지고 소리의 고문 속에 몇 시간을 앉아 있어야 한다. 그리고 술로 감정 조절이 잘되지 않을 경우 시비성 고성이 종종 오가기도 한다.

장시간 앉아서 음식을 먹다 보니 운동은 부족하고 과식증에 걸리어 각종 고질병을 유발하게 되는 것이다. 길어지는 회식 자리에 주문은 많이 하였으나 먹는 양에 한계가 있다 보니 어떤 음식은 아예 손을 대지도 않고 버려지는 경우도 있는 것이다. 조기 한 마리가 밥상에 올라오자면 그 많은 손길을 거쳐서 오는데 잡혀온 고기는 아깝게 아무런 몫도 제공하지 못하고 잔반으로 처리되는 경우도 있다. 젓가락이 닿지도 않은 물고기는 이렇게 말할 것이다. “먼 바다에서 애써서 나를 잡아 불에 굽고 힘들여 요리하고 그냥 잔반 처리를 하다니, 영양보충도 못 시키는 나는 무엇인가? 인간의 이런 한심한 일이 있는가?”하고 통탄해 할 것이다. 아프리카의 굶어 죽어가는 사람들을 생각하면 죄책감마저 드는 일이다. 회식 자리가 많은 곳에 근무하는 사람들은 대부분 과식으로 몸이 종합병원이 되어 간다고 한다.

이러한 상황 때문에 술을 못 하거나 술을 꺼리는 사람들은 회의 참석이 어려워 사회생활이 정상적으로 이루어지기 어려운 것이다.

이를 어떻게 개선하여야 할 것인가? 음식점이 식사와 술과 커피와 노래방까지 겸하는 다용도 멀티 음식점을 불편하더라고 술과 음식을 분리하고, 음식과 노래기기와 커피에서 분리하여 순수한 음식점으로서의 기능만을 갖도록 하여야 할 것이다.

춘궁기를 겪을 당시에는 밥을 굶지 않고 3끼의 식사를 하는 것이 중대한 관심사였다. 따라서 아침에 만나면 인사가 "식사하셨어요?"라고 한다. 그러나 지금은 바쁜 아침 출근과 다이어트를 위하여 대부분의 사람들이 아침식사를 하지 않거나 간단히 요기만 하는 추세로 바뀌어 가고 있는 실정이다.

다음날 많은 일을 쌓아두고 저녁 회식으로 장시간을 흐느적거린다는 것은 여간 고역이 아닐 수 없다. 이제 음식을 본래의 목적에 맞도록 슬림화하여 음식문화를 바로잡아야 할 것이다. 요즈음 미투 운동으로 2차가 많이 없어지고, 회식 자리도 많이 줄었다니 다행이다. 이러한 아픔을 겪고 사회의 질서가 하나씩 바로 잡혀가는 것 같다.

나의 메디컬 기대수명은

요즈음 SNS의 힘을 입어 사람들의 호기심과 맞물려 메디컬 기대수명이라는 것이 떠돌아다니고 있다. 점을 보는 것처럼 비과학적이면 미신으로 치부하여 거들떠보지도 않겠지만 과거의 병력(病歷), 집안의 유전, 음식의 기호, 생활습관, 마음의 자세, 운동, 등등 수명과 연관된 요인들을 파악 후 내리는 의학적 개개인의 기대수명이므로 사람들의 실제 수명과 많이 근접하리라는 추측을 하여 본다. 생물학자들은 모든 생명체의 정명은 대개 성장기의 5배까지라고 한다.

따라서 인간은 25세까지 성장하므로 인간의 정명(定命)을 125세라고 보고 있다. 그러나 살면서 많은 세파에 찌들고, 각종 질병과 욕심, 갈등과 스트레스, 환경오염, 등 많은 부정적인 인자로 그렇게 살지 못하고 죽어간다는 것이다. 의학의 발달로 줄기세포를 배양하여 손상되거나 수명이 다된 장기를 자동차 부속처럼 교체하고, 불치병을 퇴치하면 100세 시대가 충분히 가능하다고 전문가들은 말하고 있다.

내가 아는 준수한 70세가 넘은 나의 지인들께 이 기대수명에 대한 앱을 보냈더니, 호기심을 가지고 각자가 체크해 본 결과 기대수명이 대부분 90세가 넘었다. 장수가 나온 사람들은 흐뭇해하며 "이것 너무 후하게 기대를 준 것이 아니냐?" 너무 많이 나온 것이 겸연쩍은 듯이 말하였다. 평소 시집살이를 오래도록 한 분은 "가족들에게 부담을 주면서 오래 살면 무엇하겠나! 나는 피해를 주면서 오래 살고 싶지는 않아!"라고 하였다. 기대보다 적게 나온 분은 "너무 정확해서 슬프네요. 이것이 사실이 아니고, 맞지 않았으면 좋겠다."는 반응이었다. 어느 99세인 교수께 TV담화에서 사회자가 "몇 세까지 살고 싶으세요?"라고 질문을 하니, "내가 정신적으로 조금이라도 성장을 하는 날까지 살고 싶다고 하였다." 나는 몇 세까지 살고 싶은지 나에게 자문하여 보았다. 나는 "내가 남들에게 부담을 주지 않고 이웃과 소통하며 어떤 조그마한 도움이라도 줄 수 있는 나이까지 살고 싶다고 하였다."

나의 삶이 가족들에게 짐이 되고 부담을 주어서는 안 될 것이다. 요즈음 술자리의 떠도는 구호가 "99 88 23 4"가 오르고 있다. 구십 구세까지 팔팔하게 살다가 2, 3일만 앓다가 죽는 것이 희망인 것이다. 며칠 전 퇴직자 모임에 갔더니 80대의 연로하신 선배님이 "자식들에게 짐이 되면서 바둥바둥 살면 무엇하겠는가? 요즘 같아서는 암이라도 걸리는 것이 좋겠어!"라고 하신다. 치매나 거동 불편처럼 암이 아닌 병은 병원을 들락거리면서 장기간 주위의 사람들을 괴롭히니 다시 소생 못 하고 종지부를 확실하게 마감 짓는 암이 걸리는 것이 깨끗하다는 것이다. 그 말씀에 갑자기 주변이 숙연해지면서 서글픔이 감돌며 동의하는 분위기였다.

오늘날의 10년은 옛날의 몇천 년의 세월만큼의 빠른 속도로 변하여 가고 있는데, 적응력이 떨어지는 노인네가 화성에서 온 외계인처럼 고립무원(孤立無援)으로 존재한다면 살아도 사는 것이 아닐 것이다. 죽기가 아까워 불로초를 찾아 불로장생을 추구하던 진시황의 마음이 모든 이의 일반적인 마음이겠지만, 지극한 고통에 있는 사람은 살기가 너무 고통스러워 짧은 생도 너무 길어서 자살을 택하는 사람도 있지 않은가? 우리들의 희망은 이러하지만 기대보다 짧든 길든 우리들의 수명은 하느님의 소관이 아니겠는가? 나이 들어 병들고 힘없을 때 어떠하겠는가? 사회에 기여를 못 하여도 그래도 하느님께서 필요로 하는 어떤 존재의 이유가 있을 것이다. 말할 것도 없이 모든 각인은 필요에 의하여 창조되었으므로 우리 모두는 존귀하고 소중한 우주의 한 몫으로 사명감을 가지고 살아가고 있는 것이다.

"몸의 병은 의사에게 맡기고, 목숨은 하느님께 맡기고, 책임은 자신에게 맡기라."는 말이 떠오른다.

짧든 길든 우리는 3막 5장으로 끝나든 마지막까지 있는 자리에서 우리의 삶에 순응하여 곱게 우리의 삶을 그려야 될 뿐이 아니겠는가?

물은 얕은 데에 고인다

40년 가까운 긴 세월을 직장에 근무하다가 퇴임하여 뒤 돌아보면서 즐거움과 뿌듯한 점도 많았지만 대부분 너무도 힘들고, 해도 해도 줄어들지 않고 밀려들어 오는 일이 파도처럼 밀려와 앞이 캄캄하고, 숨이 턱에 찰 정도로 힘들었던 기억이 많이 든다. 이것은 꿈에서도 팔이 꼬이거나, 잠자리가 불편할 때는 직장에서 애간장을 녹이던 때와 연결이 되어 40년이 지난 지금에도 리바이벌된다.

일을 잘하는 사람과 잘못하는 사람의 차이는 무엇인가? 나는 그 차이는 일을 처리하는 능력에 있다고 생각하지 않는다. 요즈음 같으면 컴퓨터를 잘 다룰 줄 알아야 하고, 외국어를 잘하면 다른 사람보다 능력 있다고 할는지 모르지만 예전에는 이러한 능력이 필요하지 않았던 때라 능력이라면 오히려 글씨를 깨끗이 잘 쓰는 사람이 필요하였던 것이다. 그리고 가장 큰 요소는 얼마나 거절하지 않고 능동적으로 성실히 일을 하는 가였다.

성실히 꾀부리지 않고 일하였던 사람들은 일을 잘 처리하다 보니 다른 부서의 일까지 서서히 넘어오게 된다. 이런 사람들은 애초에 힘든 부서의 일을 맡았는데 거기다가 경계선에 있는 일은 물론이고, 다른 부서의 일까지 하나둘씩 떠 맡다보면 1인 3역의 일을 하게 되고, 결국은 일에 지쳐 건강을 해치게 되는 경우가 많다. 나는 이를 "골병"이라 명명한다. 학교에는 이 골병으로 타계한 동료들이 많고, 그 후유증으로 말년에 골골하는 사람들이 많이 있다.

그래서 기피하는 부서가 교무부장(학교업무 총괄부서), 3학년부장(3학년 담임 관장과 대학진학 업무 전담 부서), 학생생활담당부장(학생들의 생활지도 부서) 이들의 부서는 예전에는 서로하려는 경쟁의 대상이었지만 지금은 기피하는 3D부서와도 같은 곳이다. 처음은 끌려서 멋모르고, 또는 명예욕으로 한 번 도전해 보지만 몇 번 하여 보고서는 두 번 다시 하지 않으려 한다. 3학년 부장의 경우 밤낮도 없고, 주말도 없이 학교에 묻혀 있다 보면, 집의 아이들 볼 사이도 없고, 집에 손님이 와도 편안하게 맞이할 시간이 없다. 모든 것이 무기력해지고 권태로워지는 것이다.

이는 성당에 와 보니 여기에도 상황은 비슷하였다. 신자들의 회장격인 사목회장을 예전은 희망하는 사람들이 있었지만 요즈음은 기피하여 구인난에 허덕이고 있는 실정이다. 교회에서도 성실하고 거절을 못하는 사람은 대추나무 연 걸리듯이 아니 낀데 없이 많은 부서에 연결이 되어 있다. 몸은 하나인데 회의 날짜가 겹치고, 몇 군데를 걸쳐 있으면, 시간도 짬이 나지 않고 직장과 맞물릴 때는 스트레스가 이만저만 아니다. 그러므로 교회에 열심이다 보면, 직장에 많은 일을 맡은 성실히 일하는 사람이 되기 힘들다. 반대로 학교(직장)일을 열심히 하다보면 만사가 다 귀찮은데 다른 곳에 신경을 쓸 겨를이 없다. 교회 회의에 가서 오랜 시간 잡담을 하고 앉아 있을 때는 속에 열불이 끓을 때가 많다. 지금 나를 풀어 주면 마음껏 달리고 있을 텐데 여기에 갇혀서 이렇게 한담을 하고 있다니… 그래서 개인의 삶을 중요시 여기는 많은 젊은이들이 직장에 시달려 아무것도 하지 않으려는 경향이 있는 것 같다.

거기에다가 가정까지 추가되면, 어깨는 삼중 사슬에 얽매이게 되는 것 같다. 가정에서도 부모 모시는 문제며, 제사문제 등등 가정의 구성원으로서 피할 수 없는 일들도 형제들 중 마음 약하고 성실한 사람들의 몫으로 모든 것이 안기게 된다. 누구나 형제들이 일을 하기 싫어하기 때문에 거부하지 않고 이것저것 자식의 도리를 하다보면 모든 일들이 하나둘씩 성실한 사람에게 들어오게 된다.

물이 얕은 데로 고이듯이 성실한 사람에게 모든 일 더미가 밀려오기 마련인 것이다.

직장과 교회, 가정 이것들이 맞물려 있을 때 이것들이 너무 힘들게 할 때가 있었다. 젊었을 때 견디어 내었지만, 나이 들어서 그렇게 하였다면, 저세상 사람이 되었을 것이다. 이것은 잘못된 생각이지만 그 당시에 나는 "살이 찐 사람은 불성실한 사람이다. 어떻게 밤잠을 못잘 정도로 매일 일하면서 어떻게 저렇게 피둥피둥 살이 찔 수 있단 말인가?"라고 생각을 하였었다. 열심히 일하였다면 저렇게 살이 찔 수 없었을 텐데… 하면서 이해가 되지 않았다. (물론 지금 생각하면 나의 잘못된 생각이었지만 젊었을 때는 그러한 생각이 들었다.) 예전 학교 관리자가 어려운 일 있을 때마다 교육은 노동의 대가를 받기보다는 희생, 봉사, 사랑을 가지고 살아야된다고 하였고 그것이 침투될 수 있었다.

그러나 개인의 삶을 중요시 여기는 요즘 젊은이들은 편히 일하면서, 보수를 많이 받는 곳으로 가려고 하고, 책임이 많이 따르는 곳은 기피하고 있다. 봉사, 희생적으로 일하는 사람들이 점점 줄어들므로 이제는 모든 것에 별도의 인건비를 지불하면서 필요한 노동을 제공 받아야 하는 것이다. 어찌 보면 야속하지만 그들의 인간다운 삶도 보장하여야 하기 때문에 당연한 조치일 것이다.

크게 국가로부터 직장, 작은 가정에 이르기까지 이들 성실하고, 열심인 사람들 때문에 조직은 지탱하여 왔고, 이들의 희생 봉사로 주위 사람들은 평온을 누릴 수 있었다. 사실 모든 조직의 사람들은 많지만 핵심으로 일하는 사람들은 그다지 많지 않다. 상대와 비교하면서 상대적인 박탈감을 받을 때 섭섭하며, 억울함을 가질 때도 있지만 나로 하여금 많은 사람들에게 기쁨과 편안함을 제공한다고 생각하며, 스스로 위안을 삼지 않으면, 한없이 괴로울 것이다. 힘들더라도 일을 맡을 때가 즐겁고 보람된 것이 아니겠는가?

시와소금 산문선 · 013
사랑을 담아 영원으로
초판인쇄 | 2019년 08월 15일
초판발행 | 2019년 08월 20일

지은이 | 한상량
펴낸이 | 임세한
디자인 | 유재미 정지은

펴낸곳 | 시와소금
등 록 | 2014년 01월 28일 제424호
발 행 | 춘천시 충혼길 20번길 4, 시와소금 (우24436)
편 집 | 서울시 중구 퇴계로50길 43-7 (우04618)

전자주소 | sisogum@hanmail.net
구입문의 | ☎ (070)8659-1195, 010-5211-1195

ISBN 979-11-86550-98-4 03810

값 : 13,000원
※ 이 책의 국립중앙도서관 출판도서목록(CIP)은 서지정보유통지원 시스템 홈페이지(http://seoji.nl.go.kr)와 국가자료공동목록시스템 (http://www.nl.go.kr/kolisnet)에서 이용하실 수 있습니다.
(CIP제어번호 : CIP2019029167)

• 이 책은 2019년 강원도 춘천시문화재단 문예진흥지원금으로 제작되었습니다.